Ingrid Uebe

Gruselige Vampir-Geschichten

Mit Bildern von Silke Voigt

Ravensburger Buchverlag

Bibliografische Information Der Deutschen Bibliothek:

Die Deutsche Bibliothek verzeichnet diese Publikation
in der Deutschen Nationalbibliografie.
Detaillierte bibliografische Daten sind im Internet
über **http://dnb.ddb.de** abrufbar.

**Die Schreibweise entspricht den Regeln
der neuen Rechtschreibung.**

3 2 1 03 04 05

Ravensburger Blauer Rabe
Sonderausgabe

Umschlagbild: Silke Voigt
Redaktion: Sabine Schuler
Printed in Germany
ISBN-3-473-34429-X

www.ravensburger.de

Ein Vampir im Haus

1.

Ja, es stimmt! Wir haben einen echten Vampir im Haus. Er isst an unserem Tisch und schläft in unserem Keller. Tagsüber ist er meist müde und was er nachts treibt, wissen wir nicht so genau. Ich vermute, ihr glaubt mir das nicht. Aber ehrlich – es stimmt! Ich werde euch hier die ganze Wahrheit erzählen. Und auch die ganze Geschichte. Versprochen! Wir sind eine völlig normale Familie – Vater, Mutter, drei Kinder. Genauer gesagt, drei Mädchen. Ich bin die Älteste: Hanna, neun Jahre. Dann kommen die Zwillinge Nina und Tina, sieben Jahre. Na klar, alle beide!

Papa ist Kinderarzt. Mama ist Hausfrau und Mutter. Sie sagt, das reicht ihr auch, obwohl es nicht mehr modern ist. Sie behauptet, dass ihre Töchter drei richtige Rotzrüben sind und jede Menge Arbeit machen.
Zu Mamas Freude ist der Vampir ein Junge. Sie sagt, dass er auf alle Fälle weniger Arbeit macht als wir Mädchen. Außerdem ist sie ganz hin und weg von seinen guten Manieren.
Papa heißt Michael. Mama heißt Susanne. Der Vampir heißt sehr altmodisch. Nämlich Ambrosius. Ambrosius von Bröselstein. Daran mussten wir uns erst mal gewöhnen.
Mama ruft ihn meist „Bröselchen".
Wir Kinder nennen ihn „Brosi".
Brosi sieht aus, als wäre er nicht älter als acht. Dabei ist er schon zweihundert-

sechsunddreißig. Als er acht war, ist er nämlich gebissen worden. Von einem Kollegen. Den Rest könnt ihr euch denken. Der Biss liegt jetzt zweihundertachtundzwanzig Jahre zurück.

228 + 8 = 236. Alles klar?

Als wir Brosi fanden, war er übrigens erst zweihundertfünfunddreißig. Wir werden diesen Tag bestimmt niemals vergessen. Es war ein Sonntag Ende Oktober und draußen goss es in Strömen.

Gute Eltern setzen sich an so einem Sonntag mit ihren Kindern aufs Sofa und gucken Fernsehen. Unsere Eltern taten das nicht. Was das Fernsehen angeht, sind sie ziemliche Rabeneltern. Man kann es nicht anders nennen.
Obwohl nachmittags ein toller Western kam, mit Indianern und Cowboys, wollten sie lieber spazieren gehen. Und wir mussten natürlich mit. Zuerst fuhren wir ein Stück mit dem Auto. Dann gingen wir zu Fuß ins Grüne. Das Grüne war allerdings diesmal nicht grün, sondern grau. Es war den ganzen Tag noch nicht richtig hell gewesen und nun wurde es schon fast wieder dunkel.
Papa lobte die frische Luft. Mama stimmte

ihm zu. Nina, Tina und ich hielten den Mund. Der Wind war tierisch kalt, der Regen war ekelhaft nass und der Weg war ein einziger Matsch.
Wir zogen im Gänsemarsch durch den triefenden Wald. Irgendwann stolperten wir. Natürlich auch im Gänsemarsch.
Zuerst Papa. Dann Mama. Dann ich.
Dann Nina und Tina.
„Hoppla!“, sagte Papa und starrte auf das dunkle Häufchen zu seinen Füßen.
Darüber war er also gestolpert! Er konnte es anscheinend nicht fassen. Wir übrigens auch nicht.
Das dunkle Häufchen war ein schwarzes Kleidungsstück, ein Mantel – nein, eine Art Umhang. Und darunter, fast ganz von ihm zugedeckt, lag mit geschlossenen Augen ein sehr blasses Kind. Es rührte sich nicht.

Ich bekam einen furchtbaren Schreck. Nina und Tina stöhnten leise. Mama fragte: „Es ist doch nicht …?“
Aber Papa fühlte dem Kind schnell den Puls und sagte: „Es schläft.“
Mama war ganz aus dem Häuschen. „Es wird sich den Tod holen“, jammerte sie. „Wir können es unmöglich hier liegen lassen. Wir werden es mitnehmen!“
Sie bückte sich und nahm das Kind auf den Arm. Als sie ihm das feuchte Haar aus der blassen Stirn strich, öffnete es seine dunklen Augen und sah sie aufmerksam an.
„Wie heißt du, mein Schatz?“, fragte Mama. „Wie alt bist du?“
Das Kind lächelte gerade so viel, dass man seine seltsamen Zähne sehen konnte. Seine Antwort war nur ein Flüstern.

Mama musste sie wiederholen, damit wir sie alle verstehen konnten. „Dieser Junge heißt Ambrosius von Bröselstein“, sagte sie kopfschüttelnd. „Und er ist zweihundertfünfunddreißig.“
So lernten wir Brosi kennen. Und dann nahmen wir ihn mit nach Hause.

2.

An diesem Abend dachten wir nicht mehr an Fernsehen. Wir fanden Brosi spannender als jeden Western. Und sogar als jeden Gruselfilm. Immer wieder sahen wir ihn nachdenklich an. Dann bestürmten wir ihn mit Fragen. Und wenn er sie zögernd beantwortet hatte, sahen wir ihn wieder nachdenklich an.

Mama hatte ihm trockene Sachen gegeben, Jeans von mir, einen Pulli von Nina und Socken von Tina. Er sah jetzt aus wie einer von uns. Nur dass er sehr blass war.

Wir aßen zusammen Abendbrot. Das heißt, wir aßen und Brosi schaute uns zu. Es gab Nudelsalat und Käsetoast und zum Nachtisch gebackene Bananen mit Honig.

Ich bin ganz wild auf Nudelsalat. Nina und Tina kennen nichts Besseres als Käsetoast. Und gebackene Bananen mit Honig lieben wir alle drei.
Brosi konnte das anscheinend gar nicht verstehen. Obwohl Mama ihm von allem etwas auf den Teller legte, nahm er keinen einzigen Bissen zu sich.
„Nein, danke“, sagte er höflich. „Ich habe wirklich keinen Appetit.“
Und als Papa ihm eine Tasse Tee geben wollte, drehte er schnell den Kopf weg.

„Ich habe auch keinen Durst“, behauptete er. „Machen Sie sich meinetwegen nur ja keine Mühe!“
Er hatte beide Hände seitlich vom Teller artig auf den Tischrand gelegt und saß ganz still. Mama sah ihn bewundernd an.
Nina, Tina und ich legen die Hände nie auf den Tischrand. Und sogar beim Essen hampeln wir dauernd auf unseren Stühlen herum.
„Bröselchen“, sagte Mama, „deine Eltern legen offenbar Wert auf gute Manieren.

Willst du uns nicht ein bisschen von ihnen erzählen?"
„Nein", antwortete Brosi. Er war ausgesprochen einsilbig, wenn es um seine Herkunft ging. Das hatte ich gleich gemerkt. Er war letzte Nacht im Wald verloren gegangen, hatte im Morgengrauen das Bewusstsein verloren und danach stundenlang im Regen gelegen. Mehr kriegten wir aus ihm nicht heraus. Mama ließ trotzdem nicht locker.
„Kind", sagte sie, „deine Eltern machen sich bestimmt Sorgen um dich. Du solltest uns wirklich erzählen, wo wir sie erreichen."
„Besser nicht", antwortete Brosi.
„Wir könnten sie wenigstens anrufen", schlug Mama vor.
Brosi blickte zum Fenster. Draußen war es finstere Nacht.

„Meine Eltern sind um diese Zeit sowieso nicht zu Hause“, murmelte er.
„Haben sie Nachtdienst?“, erkundigte sich Papa. „Alle beide?“
Brosi nickte. Und dann lächelte er. Mir lief es eiskalt über den Rücken. Nina und Tina lehnten sich an mich. Das tun sie sonst nie.
Mama merkte es nicht. Sie hatte nur Augen für Brosi. Ich ahnte, was sie ihn gleich fragen würde. Schon beugte sie sich vor: „Möchtest du heute bei uns bleiben?“

„Oh ja!“, antwortete Brosi. „Besten Dank für die liebenswürdige Einladung.“

„Nun gut“, stimmte Papa zu, „aber nur diese Nacht!“

„Und den Tag!“, sagte Brosi. Es klang, als hätte er Angst. Seine Hände ballten sich plötzlich zu Fäusten.

„Den Tag?“, fragte Papa. „Ach, der Tag ist ja fast schon vorbei.“

„Morgen ist auch noch ein Tag“, sagte Brosi.

Papa lachte. „Ja, da hast du Recht“, nickte er. „Morgen suchen wir nach deinen Eltern. Wir werden alle früh aufstehen.“ „Nein!“, sagte Brosi empört.

„Oh doch!“, widersprach Papa. „Um neun kommen meine ersten Patienten. Bis dahin müssen wir allerhand erledigen.“

„Was denn?“, fragte ich. Ich fürchtete, dass Papa nichts Gutes im Sinn hatte.

„Am besten sprechen wir mit der Polizei“, meinte er. „Sie kümmert sich um verloren gegangene Kinder, die ihre Adresse nicht kennen.“

Brosi schluckte. Dann murmelte er: „Aber ich kenne ja meine Adresse.“

„So?“, fragte Papa. „Wie heißt sie?“

Brosi zögerte. „Schloss Bröselstein“, erklärte er schließlich.

„Wo liegt Schloss Bröselstein?“, forschte Papa.

Brosi zuckte die Achseln.

Papa seufzte. „Kennst du die Stadt nicht?“

„Da ist keine Stadt“, sagte Brosi.

„Auch kein Dorf?“, fragte Papa.
Brosi schüttelte den Kopf.
„Nicht mal eine Straße?“
„Nur Schloss Bröselstein“, sagte Brosi.
Wirklich, er tat mir Leid. Er sah so blass und erschöpft aus, als könnte er jede Sekunde vom Stuhl fallen. Mama merkte es auch.
„Quäl ihn nicht, Michael!“, sagte sie.
„Lass ihn doch erst mal ausschlafen! Morgen bei Tageslicht sieht bestimmt alles ganz anders aus.“
Brosi ächzte.
Papa blickte ihn aufmerksam an.
„Hoffentlich bist du nicht krank“, meinte er. „Ich sollte dich am besten kurz untersuchen.“
Brosi erhob keinen Einspruch. Und so verschwanden die beiden nebenan in der Praxis. Nina, Tina und ich teilten uns die

Sachen, die unser Gast nicht angerührt hatte. Aber sie schmeckten uns nicht so besonders.
Papa sah ganz zufrieden aus, als er mit Brosi zurückkam. „Kein Grund zur Sorge!", sagte er. „Der Junge ist kerngesund. Vielleicht ein bisschen unterernährt und wohl auch ziemlich blutarm. Aber das wird sich bestimmt wieder geben. Nur seine Zähne … Na, das geht mich nichts an. Die sind ein Fall für den Zahnarzt."
Mama räumte den Tisch ab. Brosi half ihr dabei. Nina, Tina und ich machten es ihm nach. Es blieb uns gar nichts anderes übrig. Wir stapelten das Geschirr neben der Spüle. Mama ließ Wasser in die Teekanne laufen.
„Bröselchen", sagte sie, „wo möchtest du schlafen?"
„Machen Sie sich meinetwegen nur keine

Umstände!“, sagte Brosi. „Am liebsten wäre mir natürlich ein Sarg.“
Mama schnappte nach Luft und ließ die Teekanne fallen. Danach war es seltsam still.

Endlich murmelte Mama: „Wer bringt mir das Kehrblech?“ Gleichzeitig bückte sie sich nach den Scherben. Mit zitternden Fingern hob sie die größten auf. Es wunderte mich kein bisschen, dass sie sich dabei in den Daumen schnitt. Ein dicker Tropfen Blut fiel auf die weißen Fliesen.

Brosi starrte ihn an. Er trat einen Schritt näher und fiel auf die Knie. Dann beugte er sich vor und leckte den roten Klecks auf.
Ich dachte … Nein, ich dachte gar nichts. Ich fühlte nur, wie eine zähe Gänsehaut von meinen Zehennägeln zu meinen Haarwurzeln hinaufkletterte.
Nina und Tina fühlten anscheinend dasselbe. Obwohl es uns sonst auf ein paar Wörter nicht ankommt, reichten uns diesmal Blicke. Damit sagten wir uns,

dass wir verstanden hatten. Alle drei.
Und Mama? Ihr werdet es nicht glauben:
Mama lachte! Also echt – die wichtigsten
Sachen kapieren Erwachsene sehr
langsam. Oder auch gar nicht.
Mama lachte tatsächlich und sagte: „Aber
Bröselchen! Ich glaube, trotz deiner
guten Manieren bist du manchmal ein
richtiges Ferkel.“

3.

Brosi verbrachte die Nacht im Keller. Das Gästezimmer unter dem Dach hatte er abgelehnt. Und er war keineswegs beleidigt gewesen, dass Nina, Tina und ich lieber allein schlafen wollten. Nur Mama und Papa hatten sich ein bisschen darüber gewundert.
Die ganze Familie stieg mit Brosi die Treppe hinunter. Wir haben im Keller ein großes Spielzimmer mit Matratzen und einem Schlafsofa und einem alten Bett

von unserer Oma. Wenn wir Gäste haben, dürfen wir manchmal mit ihnen da übernachten.
Nach kurzem Zögern kletterte Brosi in das alte Oma-Bett. Auf den Sarg kam er zum Glück nicht mehr zurück. Er trug meinen blaugelben Schlafanzug und versank sofort zwischen den Kissen.
Wir sagten ihm Gute Nacht. Mama deckte ihn liebevoll zu. „Bröselchen“, sagte sie, „bist du auch ganz sicher, dass du hier unten bleiben willst?“
„Ja“, sagte Brosi, „ganz sicher.“
„Und du wirst bestimmt keine Angst haben?“
„Nein“, sagte Brosi, „warum denn?“
„Ich könnte das Licht brennen lassen“, schlug Papa vor.
Brosi murmelte etwas in seine Decke. Es hörte sich an wie „Quatsch!“. Aber für so

ein Wort hatte er sicher zu gute Manieren.
Als wir wieder oben waren, sagte Papa: „Er ist wirklich ein seltsamer Junge! Ich habe schon viele Kinder gesehen, aber so einen wie ihn noch nie."
„Wer weiß, was er alles hinter sich hat", meinte Mama. „Von mir aus können wir ihn ein Weilchen behalten. Mir scheint, er hat einen guten Einfluss auf unsere Mädchen."
Ich gluckste. Nina und Tina kicherten. Aber wir sagten nichts. Gleich darauf gingen wir ohne zu motzen ins Bett.
Wir schlafen oben unter dem Dach. Nina und Tina haben das größere Zimmer. Ich habe das kleinere für mich allein.

Aber wir besuchen uns immer heimlich im Dunkeln, wenn wir noch etwas zu besprechen haben. Wir kriechen dann alle drei unter eine einzige Decke und flüstern so leise, dass man es unten nicht hört.

An diesem Abend hatten wir natürlich noch etwas zu besprechen. Nina und Tina kamen zu mir. Wir lagen in meinem Bett und drückten uns eng aneinander. Wir horchten, wie der Regen durch die Nacht rauschte, wie er auf das Dach prasselte und gegen das schräge Fenster klopfte.
Der erste Satz fiel uns nicht leicht. Wir bewegten ihn längere Zeit in unseren Köpfen. Wir wussten nicht, wie er sich anhören würde, wenn man ihn aussprach. Endlich flüsterten wir beinahe gleichzeitig: „Brosi ist ein Vampir."
Danach hielten wir den Atem an und lauschten den Wörtern nach. Nina und Tina krochen fast in mich hinein.
„He, keine Angst!", sagte ich leise. „Ich glaube nicht, dass er Kindern was tut. Er ist ja selbst noch ein Kind."

„Er soll auch Papa und Mama nichts tun!“, wisperte Nina.
Ich fühlte, wie Tina nickte. „Papa und Mama haben nicht die kleinste Ahnung.“
„Keine Angst!“, sagte ich wieder. „Brosi ist ihnen bestimmt dankbar.“
„Ich weiß nicht“, raunte Nina. „Können Vampire überhaupt dankbar sein?“
Tina seufzte. „Wenn sie Hunger haben“, meinte sie, „ist ihnen doch sowieso alles egal.“
Ich schluckte. Ich wollte Nina und Tina unbedingt beruhigen. Mich übrigens auch.
„Aber er hatte ja keinen Hunger“, flüsterte ich nachdrücklich. „Er hat doch alles auf dem Teller gelassen.“
„Ja, den Nudelsalat“, wisperte Nina, „und das andere Zeug. Aber Mamas Blut hat ihm geschmeckt.“
„Ich bin sicher, er schläft jetzt“,

behauptete ich. „Er sah eben total erschöpft aus."

„Wer weiß", murmelte Tina. „Vielleicht kommt er bald wieder zu Kräften."

Eine Weile waren wir still. Wir wussten alle drei, auf welche Weise Vampire wieder zu Kräften kommen.

Endlich flüsterte ich: „Wollt ihr, dass er verschwindet?"

Von beiden kam genau die Antwort, die ich erwartet hatte: „Nein, bloß nicht!"

Dann kicherten wir. Wir waren uns nah und wir waren uns einig. Wir hatten einen

Vampir im Haus und wollten ihn auch behalten. Vielleicht war die Sache gefährlich, aber ganz bestimmt war sie nicht langweilig. Außerdem wussten wir eigentlich alles, was man über Vampire wissen muss. Und wenn wir Acht gaben, auf uns und auf den Vampir, würde schon nichts passieren.

Fürs Erste blieben Nina und Tina in meinem Zimmer und in meinem Bett.

Mir war das ganz recht.

Irgendwann schliefen wir ein. Und irgendwann wachten wir wieder auf. Draußen rauschte der Regen. Aber drinnen im Haus rührte sich nichts. Mama und Papa waren inzwischen bestimmt auch schlafen gegangen.

„Mein Rücken tut weh", jammerte Nina.

„Mein Bein ist eingeschlafen", stöhnte Tina.

Ich schubste die eine nach links und die andere nach rechts. Mir ging es nicht besser als ihnen. Ich wollte raus aus dem Bett. Und ich wollte noch etwas anderes.
„Hört mal!“, flüsterte ich. „Ich gehe jetzt in den Keller. Gucken, was Brosi so macht.“

„Mensch“, sagte Tina und vergaß vor lauter Aufregung zu flüstern, „traust du dich wirklich?“
„Schscht!“, machte ich. „Ja, wenn ihr mitkommt, traue ich mich.“
Eine Weile saßen wir noch auf der

Bettkante und sprachen uns gegenseitig Mut zu. Dann machten wir uns auf den Weg. Ich zuerst. Nina und Tina Hand in Hand hinter mir her. Ich leuchtete mit der Taschenlampe voraus.

Unten in der Diele knarrten ein paar Holzbretter. Die Kellertür quietschte. Bei jedem Geräusch blieben wir stehen und

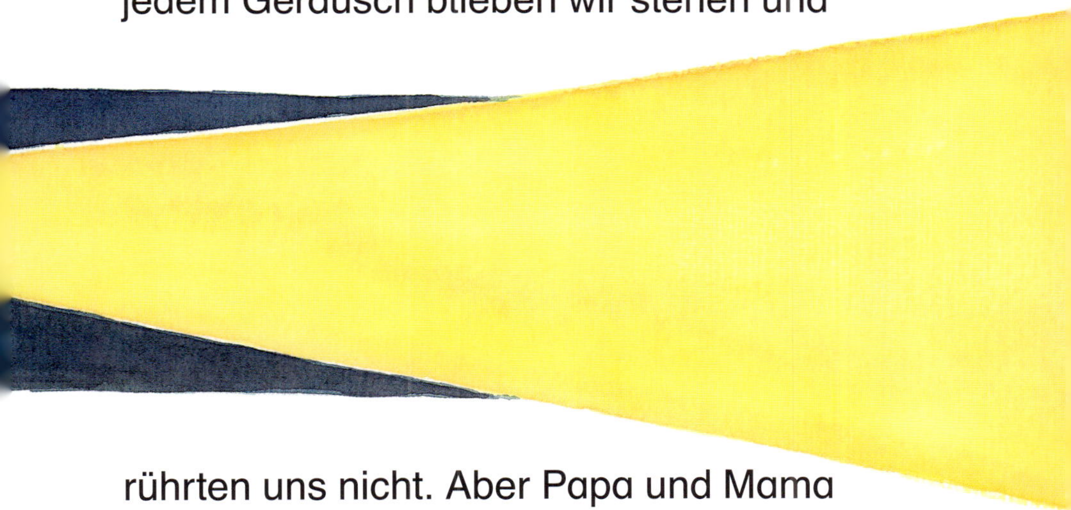

rührten uns nicht. Aber Papa und Mama wachten nicht auf. Da schlichen wir lautlos die Kellertreppe hinunter und den Gang entlang bis zum Spielzimmer. Ich öffnete leise die Tür.

Das Licht der Taschenlampe glitt über den Boden, huschte die Wände hinauf und wieder hinab. Da war das Bett mit seinen Kissen und Decken. Dazwischen lag Brosi und schlief. Jedenfalls sah es so aus. Denn er bewegte sich nicht und hielt die Augen geschlossen. Als ich mich über ihn beugte, schlug er sie auf. Bestimmt war ich mehr erschrocken als er. Auch Nina und Tina schnappten nach Luft und machten einen Schritt rückwärts. Brosi blieb liegen. Er hob nicht mal den Kopf. Er lächelte nur und wieder lief mir ein Schauder über den Rücken. Dann sagte er leise: „Ich habe schon auf euch gewartet."
„Wirklich?", fragte ich und hielt Nina und Tina an ihren Schlafanzugjacken zurück. „Wir wollten nur gucken, ob du auch schläfst."

Brosi lächelte stärker. „Oder ob ich vielleicht ausgeflogen bin."
Wir nickten. Sonst fiel uns nichts ein.
Brosi wartete ab. Als nichts mehr kam, sagte er freundlich: „Also ihr wisst, was mit mir los ist."
Wir nickten wieder.
„Man kann ruhig darüber sprechen", fuhr Brosi fort. „Ja, ich bin ein Vampir."
„Klar", sagte ich so locker wie möglich, „das sieht man dir an."

„Eure Eltern haben es mir nicht angesehen“, antwortete er. „Zum Glück! Sie hätten mich wohl sonst schnell wieder vor die Tür gesetzt.“

Da mussten wir ihm alle drei Recht geben.

„Erwachsene sind ziemlich blöd“, meinte Brosi. „Manchmal jedenfalls.“

Auch darin konnten wir ihm nur zustimmen.

„Aber sonst sind eure Eltern sehr nett“, stellte er fest. „Entschieden netter als meine.“ Er richtete sich auf und klopfte mit der Hand auf die Bettkante. Nach kurzem Zögern hockten wir uns dorthin.

„Warum sind deine Eltern nicht nett?“, forschte Nina.
Brosi winkte ab. „Ach, das ist eine lange Geschichte.“
„Erzähl sie uns!“, sagte Tina.
Er schüttelte den Kopf. „Sie würde euch nur erschrecken.“
„Hm“, machte ich, „das hört sich so an, als ob du lieber hier bleiben willst.“
„Oh ja“, sagte er, „wenn ihr mich haben wollt.“
Das konnten wir ihm guten Gewissens bestätigen.
„Wir finden Vampire spannend“, erklärte ich. „Trotzdem – trotzdem möchten wir nicht unbedingt auch welche werden.“
Nina nickte. Tina schüttelte den Kopf. Aber sie meinten beide dasselbe.
„Ich verstehe“, antwortete Brosi sachlich. „Ich soll euch nicht beißen.“

„Genau“, sagte ich, „und unsere Eltern auch nicht.“
„Wofür haltet ihr mich?“, fragte er.
„Ihr seid doch jetzt meine Familie!“
Tina sah ihn misstrauisch an. „Was ist, wenn du Hunger hast?“
„Das wollen wir abwarten“, sagte Brosi. „Wenn es so weit ist, werde ich mir schon etwas Passendes einfallen lassen.“
„Und was?“, fragte Tina.
„Darüber will ich heute noch nicht nachdenken“, antwortete er. „Ich bin zu erschöpft.“
Das hatte ich mir ja gleich gedacht. Ich nickte ihm zu. „Schlaf dich aus!“, riet ich ihm. „Wir gehen jetzt wieder nach oben.“
Brosi nahm meine Hand. Seine Finger waren eiskalt. „Wenn ihr wollt“, sagte er schnell, „könnte ich euch erst noch eine kleine Vorstellung geben.“

„Au ja!“, riefen Nina und Tina.
Ich sah ihn nur neugierig an.
„Wenn ihr wollt“, fuhr Brosi fort, „könnte ich mich in eine Fledermaus verwandeln. Dazu brauche ich allerdings meinen Umhang.“
Ich zuckte die Achseln. „Den hat Mama in die Waschmaschine gesteckt.“
„Ja, dann“, sagte Brosi, „muss ich mich eben in eine Ratte verwandeln.“
Und das tat er. Von einer Sekunde zur anderen. Wir konnten nicht mal protestieren.

Die Ratte war dann aber sehr niedlich. Sie hatte Augen wie blanke Knöpfe und einen rosigen Schwanz. Als wir sie alle gestreichelt hatten, verwandelte sie sich wieder in Brosi.

„Wolf kann ich auch“, sagte er stolz. „Und Eidechse!“

Doch das war mehr, als wir im Augenblick aushalten konnten. Wir wollten jetzt nur noch ins Bett. Und zwar jeder in sein eigenes.
„Wie findet ihr Brosi?“, fragte ich, als wir vor meiner Zimmertür standen.
„Ich finde ihn süß!“, antwortete Nina.
„Ich auch“, sagte Tina. „Hoffentlich stellt er nichts an!“

4.

Nein, Brosi stellte nichts an! Er war wirklich brav – den nächsten Tag und den übernächsten und auch noch den Rest der Woche. Also durfte er bleiben. Papa hätte ihn zwar immer noch am liebsten bei der Polizei abgegeben. Aber Mama meinte, er müsse sich erst mal erholen. Sie erlaubte, dass Brosi auch am Tag alle Vorhänge zuzog, weil ihm angeblich die Augen wehtaten. Und sie schickte ihn nie hinaus in das nasskalte Wetter.
„Der arme kleine Kerl ist noch sehr schwach“, seufzte sie. „Ich finde, er kommt nur schrecklich langsam wieder auf die Beine.“
Sie ließ Brosi schlafen, wann und so lange er wollte.
„Ich hoffe, er schläft sich gesund!“,

sagte sie und horchte mehrmals am Tag besorgt in den Keller hinunter.
Zum Essen musste Brosi allerdings aufstehen. Er mümmelte widerwillig und nur Mama zuliebe ein paar Bissen von dem, was sie für ihn gekocht hatte. Und Papa zuliebe schluckte er jede Menge Tropfen und Pillen, die ihn wieder gesund und munter machen sollten.
„Er ist so ein lieber Junge“, sagte Mama gerührt. „Er benimmt sich tadellos, er widerspricht nie und er macht überhaupt keine Arbeit.“ Dabei sah sie uns Mädchen

bedeutungsvoll an. Es war klar, dass wir uns an Brosi ein gutes Beispiel nehmen sollten.

Auf eine Art taten wir das auch. Allerdings anders, als Mama meinte. Und nur, wenn wir längst im Bett liegen sollten. Oh, es waren paradiesische Nächte!

Sobald unsere Eltern schliefen, schlichen wir in den Keller. Brosi wollte uns unbedingt beibringen, wie man sich in eine Fledermaus, eine Ratte, eine Eidechse oder in einen Wolf verwandelte.

Die Sache klappte zwar nie, aber sie machte uns trotzdem viel Spaß. Manchmal spielten wir auch „Dracula auf der Seereise nach Holland“. Brosi war Dracula, ich war der Kapitän, Nina und Tina waren die Matrosen. Von diesem Spiel konnten wir nie genug kriegen. Mama und Papa merkten von all dem überhaupt nichts. Sechs Tage und sechs Nächte hatten sie nicht die leiseste Ahnung, was mit Brosi überhaupt los war. Aber dann kam der Sonntag. Und da passierte die Sache mit dem dämlichen Huhn von Frau Kaluschke.

Frau Kaluschke wohnt am Ende unserer Straße in einem alten Haus mit einem großen Garten und einem Hühnerstall. Sie sagt, ihre Hühner sind glückliche Hühner, weil sie frei im Garten herumlaufen und dabei schöne, lange Regenwürmer aus dem Boden picken können.
Nina, Tina und mir waren die Hühner von Frau Kaluschke ziemlich egal. Aber sie legten gute Eier. Das muss ich schon sagen. Und sie selbst schmeckten auch sehr lecker. Mama kaufte unsere Eier nur bei Frau Kaluschke. Und ab und zu kaufte

sie auch mal ein Huhn. Wir essen alle gern gebratenes Huhn, innen saftig und außen knusprig. Mama kennt da von ihrer Mama ein tolles Rezept.
„Ich meine“, sagte sie damals, „das müsste auch Bröselchen schmecken!“

Und so gab es am Sonntag Brathuhn mit Kartoffeln und grünem Salat.
Mama hatte sich noch mehr Mühe gegeben als sonst. Das Essen war köstlich. Alle mampften begeistert. Nur Brosi stocherte in seinem Salat, matschte mit seinen Kartoffeln und schob sein Stück Huhn auf dem Teller herum.
„Schmeckt es dir nicht?“, fragte Mama enttäuscht.

Brosi blickte nicht auf. „Oh doch, es schmeckt wunderbar“, versicherte er höflich. „Es ist nur … Wo haben gebratene Hühner ihr Blut?“

„Sie haben keins“, meinte Mama. „Sie würden sonst nicht schmecken.“
„Hm“, machte Brosi, „und lebendige Hühner?“
„Die haben natürlich Blut“, erklärte Papa. „Sonst könnten sie ja nicht leben.“

„Genau wie wir“, sagte Brosi.
„Ja, genau wie wir!“, bestätigte Papa.
Aber da hatten sie wohl nicht dasselbe gemeint.
Zu Mamas Kummer aß Brosi seinen Teller auch diesmal nicht leer. Er wartete stumm, bis wir anderen fertig waren.
Dann gähnte er und beeilte sich, in den Keller zu kommen. Ich fand, dass er sehr nachdenklich aussah.
„Aber zum Abendbrot stehst du auf!“, rief Mama ihm nach.
„Klar“, rief er zurück, „wie immer!“

Doch Brosi kam nicht zum Abendbrot. Darüber regten wir uns noch nicht auf. Es passierte nicht selten, dass er verschlief. Nina, Tina und ich gingen also in den Keller, um ihn zu wecken. Aber was soll ich euch sagen – das Bett war leer.

Wir überlegten eine Weile, dann erzählten wir es Mama und Papa.
„Vielleicht ist er doch mal an die frische Luft gegangen“, meinte Mama. Sie lief vor die Tür und rief laut Brosis Namen. Leider vergeblich.
„Vielleicht ist er auch nach Hause gelaufen“, meinte Papa. „Ich nehme an, er hat doch Heimweh gehabt.“
Nina, Tina und ich sprachen nicht aus, was wir meinten. Wir wussten, dass Brosi zurückkommen würde. Also warteten wir auf ihn. Aber mit gemischten Gefühlen.
Brosi kam, als Papa gerade den Tee eingegossen hatte. Aber er kam nicht allein. Zuerst hörte man ein ziemliches Geschrei vor der Haustür. Dann klingelte es Sturm. Mama lief hin. Nina, Tina und ich wollten gleich hinterher. Doch Papa hielt uns zurück.

„Bröselchen!“, jubelte Mamas Stimme. „Ein Glück! Da bist du ja wieder.“

Dann hörte man neues Geschrei.

„Aber Frau Kaluschke!“, rief Mama. „Was reden Sie denn da? Ich verstehe nicht, was Sie meinen. Kommen Sie lieber ins Haus!“

Die Tür fiel zu, und dann stürmte Frau Kaluschke herein. Mit der einen Hand packte sie Brosi am Arm, mit der anderen drückte sie ein Huhn an die Brust.

Mama ging hinterher.

„Dieses schreckliche Kind“, japste Frau Kaluschke, „hat mein armes Huhn gebissen!“

„Wie?“, fragte Papa. „Nicht vielleicht umgekehrt?“

Frau Kaluschke schüttelte heftig den Kopf. „Wohnt der Junge bei Ihnen?“, wollte sie wissen.

„Nicht direkt“, sagte Papa zögernd. „Er ist nur bei uns zu Besuch.“

„Er war im Hühnerstall“, schnaufte Frau Kaluschke. „Zuerst dachte ich, er wollte Eier stehlen. Aber dann sah ich, dass er mein Huhn gepackt hatte und dabei war es in den Hals zu beißen.“

„Beißen stimmt nicht“, warf Brosi ein. „Ich habe nur ein bisschen geknabbert. Dann ist sie dazwischengekommen.“
Mama und Papa starrten ihn an. Erst nach einer Weile murmelte Mama: „Wie geht es dem Huhn?“
„Es hat einen Schock“, antwortete Frau Kaluschke. „Ich kann nur hoffen, dass es sich wieder erholt!“ Sie ließ Brosi los und strich dem Huhn zärtlich über die Federn. Sofort begann es lang gezogen zu gackern.

Papa war ganz erleichtert. „O ja, es erholt sich!“, rief er. Dann begleitete er Frau Kaluschke zur Tür. Unterwegs versprach er ihr, dass sich so etwas nicht wiederholen würde.
Als er zurückkam, legte er Brosi seine Hand auf die Schulter. „Ambrosius“, sagte er ernst, „das ist eine schlimme Geschichte. Wir müssen darüber reden.“
Brosi sah ihn unschuldig an. „Aber wir haben doch schon heute Mittag darüber geredet.“
„Heute Mittag?“
„Beim Essen! Über lebendige Hühner und Blut.“
Papa antwortete nicht. Aber ich weiß, wie er aussieht, wenn er etwas Schreckliches langsam begreift.
Brosi lächelte. Man sah sämtliche Zähne. Papas Augen wurden ganz rund.

„Ja“, lächelte Brosi, „ich bin ein …“
Aber Papa ließ ihn nicht ausreden.
„Schscht!“, machte er. „Es gibt Wörter, die will ich einfach nicht hören.“
„Na gut.“ Brosi zuckte die Achseln. „Also, einer wie ich …“
„Wirklich“, flüsterte Papa, „ich hätte nie gedacht, dass mir einer wie du je ins Haus kommen würde.“
„Reg dich nicht auf!“, sagte Brosi. „Es ist doch gar nichts passiert. Ich habe ja bloß ein Huhn genommen.“

„Auch Hühner“, erwiderte Papa mit Nachdruck, „lassen sich nicht gern beißen!“
Wieder lächelte Brosi. „Sie lassen sich auch nicht gern braten. Oder glaubst du vielleicht, dem von heute Mittag hätte es Spaß gemacht?“
Darauf fiel Papa nichts ein. Auch wir anderen waren ganz still. Ich nahm mir vor, niemals wieder Brathuhn zu essen.
Endlich raffte Papa sich auf. „Darüber reden wir noch“, sagte er. „Heute

allerdings nicht mehr. Irgendwie hat mich diese Geschichte geschafft."
Zu unserer Überraschung begann Mama plötzlich heftig zu kichern. Sie konnte gar nicht mehr aufhören. Ich fragte mich, ob sie immer noch ahnungslos war.
„Aber Susanne!" Papa sah sie stirnrunzelnd an. „Was ist denn daran so komisch?"
„Es ist ja nur …", kicherte Mama, „… ich stelle mir gerade vor, was ab morgen in Frau Kaluschkes Hühnerstall los wäre, wenn Bröselchen dieses Huhn tatsächlich in den Hals gebissen hätte."
Also doch! Sie hatte kapiert.

5.

Ehrlich – ich war froh, dass Mama und Papa endlich Bescheid wussten! Auf die Dauer ist es sehr anstrengend, wenn man seinen Eltern so wichtige Sachen verheimlichen muss. Und natürlich ist ein Vampir im Haus eine wichtige Sache.
Da seid ihr bestimmt meiner Meinung.
Brosi tat alles, um den beiden klarzumachen, dass er nie und nimmer seine eigene Familie anknabbern würde. Mama glaubte ihm das auf Anhieb. Und Papa ließ sich schließlich auch überzeugen.
Jedenfalls sprach er nicht mehr von der Polizei. Ich hatte das Gefühl, er wollte da selbst nicht gern hin.
Nina, Tina und ich mussten ihm in die Hand versprechen, dass wir mit keinem Menschen über Brosis Essgewohnheiten

sprechen würden. Und Mama sollte die Haustür zusperren und den Schlüssel immer mit sich herumtragen.
Drei Tage lang ging alles gut. Aber in der Nacht zum Donnerstag konnte Brosi mal wieder nicht schlafen. Er geisterte ganz allein durch das Haus und kam schließlich auch in die Praxis. Im Sprechzimmer fand er die Blutproben. Und da war es um ihn geschehen.
Die Blutproben stammten von Papas Patienten und sollten im Labor untersucht werden. Natürlich hatte Brosi davon keine Ahnung. Zuerst schnüffelte er neugierig an den durchsichtigen Röhrchen herum. Dann schüttelte er sie. Dann befreite er sie von den Plastikdeckeln. Und zum Schluss trank er sie aus. Alle sechs.
Mama und Papa hörten nichts. Auch Nina, Tina und ich lagen ahnungslos

in unseren Betten. Bis zum Morgen hatten wir alle fünf nicht den kleinsten Verdacht. Als Brosi zum Frühstück nicht aufstehen wollte, regten wir uns weiter nicht auf.

Wir drei machten uns auf den Schulweg wie immer.
Erst als wir nach Hause kamen, erfuhren wir, was Brosi angestellt hatte. Papa war tierisch wütend. Und Mama hatte das Essen anbrennen lassen. Das passiert ihr sonst nie.
Ich nehme an, ihr habt alle schon mal Zoff mit euren Eltern gehabt. Oder mit einem von beiden. Bei uns sorgte diesmal Papa für Zoff. Das war auch ganz logisch. Schließlich ging es um die Blutproben seiner Patienten.
Als Nina, Tina und ich ins Wohnzimmer kamen, war die Sprechstunde eben

vorbei und Papa stinksauer. Wir hielten uns schnell die Ohren zu, obwohl seine Empörung diesmal nicht uns galt. Sie ging an Brosi, der im Schlafanzug unter dem Tisch saß und darauf wartete, dass das Toben aufhören würde. Vorläufig leider vergeblich.

„Ambrosius, das kannst du mit mir nicht machen!“, schimpfte Papa. „Was soll ich denn jetzt meinen Patienten sagen? Ich bin gezwungen sie noch mal zu piksen. Meinst du, ich mache das gern?“

Brosi verhielt sich ganz still. Er winkte uns nur vorsichtig zu und flehte mit den Augen um Hilfe. Aber was sollten wir tun?

Wir wussten bis dahin ja nicht mal, worum es eigentlich ging.
Papa klärte uns auf. Und dann fügte er hinzu: „Dieser Junge muss weg. Er ruiniert mir die Praxis. Kein Arzt kann es sich leisten, mit einem … einem kleinen … einem kleinen Blutsauger unter dem selben Dach zu leben.“
„Aber Papa!“, riefen wir zu dritt. „Wo soll Brosi denn hin?“
„Keine Ahnung!“ Papa zuckte die Achseln. „Jedenfalls kann er nicht hier bleiben.“
Meine Schwestern und ich waren sehr erschrocken. Wir wissen, wenn Papa es ernst meint. Trotzdem legten wir uns gewaltig für Brosi ins Zeug. Aber das nützte nichts. Im Gegenteil! Je mehr wir baten und bettelten, umso wütender wurde Papa.

„Ihr habt mir den Kerl ins Haus geschleppt!“, schimpfte er. „Ich hätte es nie zulassen dürfen. Ich habe gleich geahnt, was mit ihm los war.“
Also echt – Erwachsene sind wirklich gemein, wenn sie eine Wut haben! Und sie halten sich nicht an die Wahrheit. Erstens hatten wir Brosi nicht ins Haus geschleppt. Das war Mama gewesen. Und zweitens hatte Papa von allen Problemen bis vor drei Tagen tatsächlich nicht den leisesten Schimmer gehabt.
Mama kam aus der Küche. Und mit ihr kam ein grauenhafter Geruch. Das waren die weißen Bohnen, die sie nicht rechtzeitig umgerührt hatte.

Wenn man weiße Bohnen nicht rechtzeitig umrührt, brennen sie an und niemand kann sie mehr essen.
Als Mama sagte, dass wir heute zum Mittagessen nur belegte Brote kriegen könnten, legte Papa erst richtig los. Eine warme Mahlzeit pro Tag ist ihm sehr wichtig. Wenn er die nicht bekommt, ist er sauer. Dieses Mal war er doppelt und dreifach sauer und die Schuld daran gab er nur Brosi.
„Ambrosius von Bröselstein“, sagte Papa mit schrecklicher Stimme, „jetzt geht es zur Polizei!“
„Michael“, rief Mama, „mach uns und den Jungen nicht unglücklich!“
„Bitte, bring Brosi nicht fort!“, riefen Nina, Tina und ich.
Aber wenn Papa erst mal in Fahrt ist, kann ihn einfach nichts mehr aufhalten.

Ohne ein Wort holte er den schwarzen Umhang und wickelte unseren Freund von Kopf bis Fuß sorgfältig hinein.
Brosi ließ es geschehen. Er sagte kein einziges Wort. Als Papa ihn hinaustrug

und ins Auto packte, war er genauso reglos und still wie an dem Tag, als wir ihn im Wald gefunden hatten.
Ich will hier nicht aufschreiben, was ich in diesem Moment von Papa dachte. Auch nicht, was Nina und Tina hinter ihm herriefen. Und erst recht nicht, was Mama vor sich hin murmelte, als sie die angebrannten Bohnen aus dem Topf kratzte. Ich will an dieser Stelle nur sagen:

Keiner von uns war auf Papas Seite.
Da sollte er sich bloß nichts vormachen!
Eine Stunde später kam er zurück. Er hatte zwei steile Falten über der Nase und war noch schlechter gelaunt als vorher. Dabei gab es jetzt eindeutig keinen Vampir mehr im Haus. Und das hatte er schließlich gewollt.
„Wie geht es Bröselchen?", fragte Mama.
„Was haben sie mit ihm gemacht?", fragten Nina und Tina.
„Wo ist er jetzt?", fragte ich.
Papa sah uns nicht an. Er ging zum Fenster und drehte uns den Rücken zu.
„Es geht ihm gut", behauptete er in den

Garten hinaus. „Ihr müsst euch um ihn keine Sorgen machen. Er ist jetzt in einem Heim für Kinder, die kein Zuhause mehr haben.“

Darauf sagten wir nichts.

Nach einer Weile drehte sich Papa um. „Dieses Heim ist wirklich sehr schön“, versicherte er. „Ich kenne es gut. Es gibt da viel Platz und eine Menge Spielsachen für jedes Alter.“

„Hast du erzählt, was mit Bröselchen los ist?“, fragte Mama.

Papa schüttelte den Kopf. „Natürlich nicht. Das merken sie früh genug.“

Mama sah ihm fest in die Augen. „Wir werden den Jungen so bald wie möglich besuchen.“

Papa nickte.

„Wie heißt das Heim?“, fragte Mama.

„Nun“, antwortete Papa, „sagte ich das

noch nicht? Es trägt den Namen ‚Haus Sonnenschein'."
Nina, Tina und ich zuckten erschrocken zusammen. Oh Mann, auch das noch!

6.

Bestimmt seid ihr jetzt neugierig, wie sich Brosi in „Haus Sonnenschein" fühlte. Ich nehme an, ihr macht euch so eure Gedanken. Vielleicht fürchtet ihr sogar schon das Schlimmste.
Also, da geht es euch nicht anders, als es Nina, Tina und mir ging. Wir platzten nämlich beinahe vor Neugier.
Wir machten uns alle drei so unsere Gedanken. Und manchmal fürchteten wir tatsächlich das Schlimmste. Wir hatten große Lust Brosi wieder zu sehen. Aber gleichzeitig hatten wir Angst, dass es

ihm schlecht ging. Wir verbrachten drei unruhige Tage.
Am Sonntag machten wir uns dann auf den Weg nach „Haus Sonnenschein“. Mama hatte gleich nach dem Mittagessen darauf bestanden. Und wir hatten nachgeholfen. Doch Papa leistete überhaupt keinen Widerstand. Ziemlich schweigsam fuhren wir mit dem Auto quer durch die Stadt. Am anderen Ende lag „Haus Sonnenschein“ in einem großen Garten. Es sah gar nicht so schlecht aus. Nur sehr groß und sehr fremd.

Und hinter den vielen blitzenden Fenstern entdeckten wir nirgendwo einen einzigen Vorhang.
Wir stiegen zuerst ein paar Stufen hinauf und gingen dann durch eine riesige Tür.
Hinter einer Glasscheibe saß eine dicke Frau. Papa sagte, wir wollten Ambrosius von Bröselstein besuchen. Die dicke Frau blätterte längere Zeit in einem Buch.
Dann sah sie uns der Reihe nach

neugierig an und antwortete, da müssten wir zuerst mit der Heimleitung sprechen. Die Heimleitung hieß Frau Meier-Nippes und saß im zweiten Stock.
Auf dem Weg dahin trafen wir jede Menge Kinder. Sie machten Krach auf dem Flur und spielten in den Zimmern, in die man hineingucken konnte. Aber Brosi war nicht dabei.
Frau Meier-Nippes saß hinter einer geschlossenen Tür und wurde nicht gern gestört. Als sie uns sah, sagte sie frostig: „Oh, das sind aber zahlreiche Leute!“
Und dann wollte sie Nina, Tina und mich gleich wieder hinausschicken. Aber Mama bestand darauf, dass wir blieben. Wir hätten zu Bröselchen – also zu Ambrosius von Bröselstein nämlich von Anfang an ein gutes Verhältnis gehabt und könnten durchaus mitreden.

„Nun“, sagte Frau Meier-Nippes, „Ambrosius von Bröselstein ist in der Tat ein schwieriges Kind, eins der schwierigsten, die wir jemals im Haus gehabt haben.“

Also echt – ich fand Frau Meier-Nippes sofort ziemlich zum Abschießen. Und Nina und Tina ging es nicht anders. Das konnte ich sehen. Auch Mama und Papa wirkten nicht sehr begeistert.

„Wie meinen Sie das?“, fragte Mama. „Warum ist der Junge so schwierig?“

Frau Meier-Nippes wiegte den Kopf und seufzte. „Er ist mir irgendwie unheimlich“, sagte sie. „Er spricht nicht und lacht nicht. Er isst nicht, was er soll.

Er schläft nicht,

wenn er muss. Nachts sitzt er am Fenster und morgens wird er nicht wach."

„Kinder sind eben verschieden", bemerkte Papa. „Man kann nicht alle über einen Kamm scheren. Ich habe viel mit Kindern zu tun."

„Ich auch", sagte Frau Meier-Nippes und sah Papa kampflustig an.

„Im Grunde ist Bröselchen ein lieber Junge", versicherte Mama.

„Er lässt keinen an sich heran.“ Frau Meier-Nippes sah ärgerlich aus. „Und mit mir will er schon gar nichts zu tun haben.“
Da konnte ich nicht anders. Ich trat vor ihren Schreibtisch und sagte: „Das kann ich verstehen!“
Überrascht sah sie mich an. „Wie heißt du?“

„Hanna“, sagte ich.
Frau Meier-Nippes beugte sich vor.
Sie roch tierisch nach Knoblauch.

„Hanna“, wiederholte sie, „in diesem Haus halten Kinder den Mund!“
Also echt – keiner, der Knoblauch gegessen hat, sollte sich vorbeugen und Wörter mit „h“ sagen! Ich dachte an Brosi und machte mir ernsthafte Sorgen.
„Wo ist der Junge?“, fragte Papa. „Können wir ihn sehen?“
„Nun, eigentlich nicht“, antwortete Frau Meier-Nippes. „Als er heute Mittag wieder nichts essen wollte, habe ich ihn in die Besenkammer gesperrt.“
Keiner von uns sagte etwas. Ich überlegte, ob Brosi um diese Zeit vielleicht ganz gern in einer dunklen Besenkammer saß. Andererseits fühlte er sich dort bestimmt schrecklich allein.
„Es gab Milchreis mit Zucker und Zimt“, erklärte Frau Meier-Nippes. „Alle Kinder mögen Milchreis mit Zucker und Zimt.“

„Brosi nicht!“, sagte Nina.
„Ganz bestimmt nicht!“, sagte Tina.
„Wir wollen sofort in die Besenkammer!“, sagte ich.
Frau Meier-Nippes sah uns angewidert an. Aber sie nickte. „Also gut“, stimmte sie zu. „Wir wollen sehen, was Ambrosius sagt.“
Brosi sagte gar nichts. Er hatte sich nämlich in eine Fledermaus verwandelt und hing an einem Rohr unter der Decke. Nina, Tina und ich sahen ihn sofort. Mama und Papa entdeckten ihn nach einer Schrecksekunde. Nur Frau Meier-Nippes hielt die Besenkammer für vollkommen leer. „Der Junge ist ausgerückt!“, sagte sie kopfschüttelnd und verschwand sofort, um ihn zu suchen.
Sobald sie weg war, ließ sich die Fledermaus von der Decke fallen und wurde auf halber Strecke zu Brosi.

Mama und Papa waren sehr beeindruckt. Sie hatten dieses Kunststück schließlich noch nie gesehen. Nina, Tina und ich atmeten auf und auch Brosi war sehr erfreut. Er sah allerdings ziemlich schlecht aus, dünner und blasser, als wir ihn in Erinnerung hatten, mit dunklen Ringen unter den Augen.

Papa zog ihm gleich die Unterlider herunter und prüfte die Farbe. Dann schüttelte er den Kopf und sagte etwas ganz und gar Wunderbares. Nämlich: „Kind, es wird Zeit, dass du nach Hause kommst!“

Wir konnten es gar nicht fassen.

„Nach Hause?“, fragte Nina.

„Zu uns?“, fragte Tina.

„Jetzt gleich?“, fragte ich.

Mama fragte gar nichts. Sie breitete nur ihre Arme aus und Brosi sprang einfach hinein.

„Wir nehmen ihn mit“, sagte sie.

„Ja, das tun wir“, bestätigte Papa. Er zog seinen Mantel aus und deckte Brosi von Kopf bis Fuß damit zu.

Auf dem Gang begegnete uns Frau Meier-Nippes. Natürlich sah sie sofort, was sich unter dem Mantel versteckte.

Aber Mama kam ihr zuvor.
„Ja, wir haben den Jungen gefunden“, sagte sie freundlich. „Und wir nehmen ihn mit nach Hause.“
Papa nickte. „Er ist in keinem guten Zustand. Er braucht Bettruhe und gute Pflege. Ich bin Kinderarzt, wie Sie wissen.“
Frau Meier-Nippes wurde ganz rot im Gesicht. „Aber das geht nicht so einfach. Da ist eine Menge zu regeln.“
„Ich werde das alles regeln“, sagte Papa. „Verlassen Sie sich darauf! Wenn es nicht anders geht, werden wir dieses arme Kind adoptieren.“
Damit ging er einfach an Frau Meier-Nippes vorbei. Mama folgte mit Brosi. Nina, Tina und ich hüpften vergnügt hinterher. Also echt – wir hatten den tollsten Vater der Welt!

7.

Am Sonnabend darauf hatte Brosi Geburtstag. Er wurde zweihundertsechsunddreißig. Aber das wisst ihr ja schon. Natürlich kriegte er keine zweihundertsechsunddreißig Kerzen. Das wäre zu teuer gewesen. Und wir hätten auch gar nicht gewusst, wo wir sie aufstellen sollten. Trotzdem war es ein sehr schönes Fest.

Nina, Tina und ich schenkten Brosi ein dickes Buch mit Vampirgeschichten.

Von Papa bekam er ein Goldfischglas mit zwei niedlichen Blutegeln. Mama hatte ihm aus Jeansstoff einen neuen Umhang genäht. Den alten hatten wir nämlich in „Haus Sonnenschein“ vergessen.

Zum Abendessen gab es für Brosi gebratene Blutwurst mit Salat aus

Blutbuchenblättern und dazu Saft von Blutapfelsinen, so viel er wollte. Es schmeckte ihm wirklich gut. Es war nicht direkt sein Lieblingsessen, aber doch das Beste, was er seit langem zwischen die Zähne gekriegt hatte. Wir anderen aßen übrigens Pizza.
Nina, Tina und ich durften lange aufbleiben, weil wir ja am nächsten Tag ausschlafen konnten. Lange aufbleiben dürfen ist immer toll, aber für Kinder mit einem echten Vampir im Haus ist es ganz einfach Spitze.

Nach dem Essen gingen wir gleich in den Keller. Brosi hatte sich nämlich eine Überraschung ausgedacht. Er hatte aus Matratzen eine Art Bühne gebaut. Darauf gab er nun eine richtige Vorstellung. Er trug seinen neuen Umhang und einen alten Zylinder, der Papas Opa gehört hatte, und sang:

„Ambrosius von Bröselstein,
der ist und bleibt Vampir.
Doch ab und zu da sieht man ihn
wahrhaftig auch als Tier –
als Eidechse und Fledermaus,
als Wolf und auch als Ratt'.
Oh glücklich, wer Ambrosius
in seinem Hause hat!“

Während Brosi sang, verwandelte er sich der Reihe nach in alle vier Tiere. Wir fanden seinen Auftritt wunderbar und klatschten laut und lange.

Papa rief: „Da capo!“ Das hieß, dass Brosi alles noch einmal machen sollte. Und das tat er dann auch. Gleich nachher kletterte er auf Mamas Schoß und fragte, ob er jetzt noch einen Geburtstagswunsch frei hätte.

Papa nickte. „Nur zu!“
„Ab morgen“, sagte Brosi, „möchte ich gern jede Nacht ein Weilchen hinaus.“
„Wo willst du denn hin?“, fragte Mama.
Brosi schlug seine langen, dunklen Wimpern auf und sah sie unschuldig an.
„Ach, nur an die frische Luft“, antwortete er. „Ein bisschen herumfliegen und so.“
Unsere Eltern tauschten vielsagende Blicke. Dann meinte Papa: „Auf die Dauer werden wir ihm das nicht verbieten können.“

Mama seufzte und sah Brosi tief in die Augen. „Also gut! Aber nur wenn du versprichst um eins zu Hause zu sein.“
Er versprach es ihr fest in die Hand.

Das ist nun ein halbes Jahr her. Der Sommer steht vor der Tür. Den ganzen Winter über ist nichts Schlimmes passiert.

Wir haben uns an Brosi gewöhnt und er sich an uns. Wir möchten ihn nie mehr hergeben und er will auf keinen Fall weg. Er gehört jetzt fest zur Familie.
Ich habe meist das Gefühl, als wäre er schon immer bei uns gewesen. An die Zeit ohne ihn kann ich mich kaum noch erinnern. Nur manchmal, wenn Brosi lächelt, läuft mir immer noch ein kleiner Schauder über den Rücken.

Ein Vampir im Klassenzimmer

1.

Vampire sind toll. Das sagen alle. Ja, ich weiß, sie sind auch gefährlich. Weil sie diese grässlichen Zähne haben und einem bei Nacht und Nebel das Blut aussaugen können. Wenn man nämlich schläft oder wenn man nicht aufpasst. Vampire haben bis heute eine Menge schlimme Sachen gemacht. Das ist mir klar. Aber toll sind sie trotzdem! Bestimmt liegt es daran, dass man sich mit ihnen nie langweilt. In Büchern nicht und im richtigen Leben erst recht nicht.
Das mit den Büchern weiß jeder. Das mit dem richtigen Leben weiß niemand so gut wie ich. Ehrlich – ich bin keine Angeberin!

Ich gehe mit einem echten Vampir in die Schule. Sogar in dieselbe Klasse. In die 3a bei Frau Rosenbrück.
Ob ihr mir glaubt oder nicht – dieser echte Vampir sitzt neben mir und ich kann ihn wirklich gut leiden. Er ist mein Freund und mein Bruder. Die anderen Kinder wissen nicht, was mit dem Jungen neben mir los ist. Auch Frau Rosenbrück hatte lange Zeit keine Ahnung. Erst als wir letzten Monat auf Klassenfahrt waren, ging ihr ein Licht auf. Sozusagen ein Mondlicht. Es war nämlich Vollmond und keine einzige Wolke am Himmel. Solche Nächte machen Brosi total verrückt. Er kann nichts dafür.
Das ist eben so bei Vampiren.
Genau! Brosi ist der Vampir, der in der Klasse neben mir sitzt. Der schaffte es, als wir auf Klassenfahrt waren, heimlich

in Frau Rosenbrücks Zimmer zu kommen. Und hätte ich nicht aufgepasst, wer weiß, was er dort mit unserer armen Lehrerin gemacht hätte!

Zum Glück verstand Frau Rosenbrück nicht, warum Brosi um diese Zeit plötzlich auf ihrer Bettkante saß. Trotzdem war sie ziemlich erschrocken. Das habe ich mit eigenen Augen gesehen. Als ich die Tür aufmachte, lag meine Klassenlehrerin kreidebleich auf ihrem Kopfkissen, während Brosi …

Was? Ihr könnt euch die Sache mit Brosi noch immer nicht vorstellen?

Ihr wollt wissen, wo ich ihn kennen gelernt habe? Wie er mein Freund und mein Bruder wurde? Und warum er jetzt in der Schule neben mir sitzt?
Na gut, dann muss ich mir unsere Klassenfahrt und diese Vollmondnacht für später aufheben. Ich werde euch zuerst das Wichtigste über Brosi berichten. Das Ganze ist eine Wahnsinnsgeschichte. Aber auch Wahnsinnsgeschichten erzählt man am besten von vorn.
Wer mich kennt, weiß, dass ich nie lüge. Ich spinne auch nicht! Ich komme aus einer stinknormalen Familie – Vater, Mutter, drei Kinder. Genauer gesagt, drei Mädchen. Ich bin die Älteste, Hanna, neun Jahre. Meine Schwestern Nina und Tina sind sieben. Ja, alle beide. Weil sie Zwillinge sind. Ist doch klar.
Also, wir fünf fanden Brosi letzten Herbst

beim Spazierengehen im Wald. An so einem ekelhaft trüben Tag, an dem es gar nicht richtig hell werden wollte. Brosi lag bei strömendem Regen, in einen schwarzen Umhang gewickelt, schlafend im feuchten Laub und wir nahmen ihn mit nach Hause, damit er sich keine Lungenentzündung holte.

Wir Kinder merkten ziemlich bald, was mit ihm los war. Wegen der Zähne und so. Unsere Eltern brauchten länger. Als sie die Sache endlich begriffen hatten, regten sie sich tierisch auf. Aber weil ihnen der kleine Vampir trotz allem Leid tat und auch weil Nina, Tina und ich ihn nicht mehr hergeben wollten, durfte er schließlich bleiben. Er wurde sogar adoptiert und heißt jetzt Bredfeld wie wir. Ambrosius Bredfeld. Vorher hieß er Ambrosius von Bröselstein. Das hörte sich altmodisch an, aber es passte zu ihm. Als wir ihn fanden, war er nämlich schon zweihundertfünfunddreißig. Auch wenn er so aussah, als wäre er nicht älter als acht. Nur Papa nennt ihn auch heute noch Ambrosius. Mama ruft ihn meist Bröselchen. Meine Schwestern und ich sagten von Anfang an Brosi.

Natürlich hat Brosi keinen von uns jemals gebissen. Wir sind schließlich jetzt seine Familie. Zu seiner eigenen wollte er nämlich auf keinen Fall zurück. Warum nicht, behielt er für sich. Das tut er noch heute. Wir stellen ihm auch keine Fragen mehr. Wir haben uns daran gewöhnt, dass er uns nicht alles erzählt. Und ehrlich gesagt, wollen wir manches auch gar nicht so ganz genau wissen. Was Brosi nachts macht, zum Beispiel! Seit seinem zweihundertsechsunddreißigsten Geburtstag darf er nämlich jede Nacht bis eins allein aus dem Haus. Ein bisschen herumfliegen und frische Luft schnappen, sagt er. Tagsüber traut er sich nicht. Wegen der Sonne und wegen der Leute. Wegen der Sonne haben ihn Mama und Papa auch anfangs nicht in die Schule geschickt. Die Sonne ist nun mal ein

Problem für Vampire. Als Brosi dann unbedingt hin wollte, hat Papa das Problem tatsächlich gelöst. Er hat nämlich etwas erfunden. Papa ist Kinderarzt und hat in seiner Praxis eine Art Medizin …
Doch nein, das behalte ich erst mal für mich. Ich habe euch ja versprochen, dass ich alles der Reihe nach erzählen werde. Also, zu Papas Wundermedizin kommen wir später.

2.

Der Tag, an dem sich Brosi entschloss, mit mir in die Schule zu gehen, ist mir noch in guter Erinnerung. Es war der letzte Tag der Osterferien und ein schöner Sonntag Ende April. Eigentlich war es schon Abend. Ich stand oben in meinem Zimmer und packte seufzend meinen Ranzen. Nebenan hörte ich Nina und Tina. Sie packten auch ihre Ranzen. Aber sie seufzten nicht ganz so laut wie ich, weil sie noch nicht mal ihr erstes Schuljahr hinter sich haben. Ich seufze jedes Jahr lauter.
Brosi hockte auf meinem Schreibtisch und schaute mir neugierig zu. Er war eben erst aufgestanden, weil er mal wieder den größten Teil des Tages unten im Keller verschlafen hatte. Jetzt sah er sehr

munter aus, ungefähr so munter wie ich morgens bei meinem Müsli.
In diesem Augenblick verkniff ich mir nur mühsam ein Gähnen. Ich hatte nämlich die Rollläden runtergelassen, damit die letzten Sonnenstrahlen nicht ins Zimmer fielen. Ich wollte Brosi schließlich nicht in Gefahr bringen.
„Gähn ruhig laut!“, sagte er lächelnd. „Ich seh dir doch an, dass du musst. Es macht mir wirklich nichts aus, auch wenn ich es um diese Zeit nicht begreife.“
Wie immer jagte mir Brosis Lächeln einen kleinen Schauder über den Rücken. Ich kenne ihn gut und ich habe ihn gern, doch an sein Lächeln werde ich mich wohl niemals gewöhnen.
„Ich bin gar nicht müde“, sagte ich schnell. „Ich finde es bloß langweilig, meinen Ranzen zu packen.“

„Langweilig?“, fragte er. „Warum denn? Deine Bücher und Hefte sehen doch sehr interessant aus.“
Ich guckte ihn erstaunt an. Auf so eine Idee wäre ich von allein nie gekommen. Brosi nahm mir das Lesebuch aus der Hand und blätterte darin herum. „Schöne bunte Bilder“, stellte er fest, „und wirklich spannende kleine Geschichten!“

„Findest du?“, fragte ich. „Kannst du überhaupt lesen?“
„Klar kann ich lesen!“ Brosi schlug seine dunklen Augen auf und sah mich beleidigt an. „Bestimmt nicht schlechter als du. Gib mir das andere Buch!“
Ich hatte das Mathebuch schon fast in den Ranzen gesteckt. Jetzt schob ich es ihm hin und er schlug es mittendrin auf.
„Oh“, sagte er, „das hier ist ziemlich einfach. Habt ihr das schon gehabt?“
Ich ging um den Schreibtisch herum und blickte ihm über die Schulter. „Das sind Textaufgaben“, stellte ich fest. „Ich hasse Textaufgaben!“
„Warum?“ Brosi studierte die nächste Seite. Seine langen Wimpern warfen dunkle Schatten in sein blasses Gesicht. „Textaufgaben sind spannend. So richtig aus dem Leben gegriffen.“

Ich blies verächtlich die Backen auf.
„Hör mal, Hanna!“ Er klappte das Buch zu. „Wenn ein achtjähriger Junge von einem Vampir gebissen wird und danach zweihundertachtundzwanzig Jahre selbst – du weißt schon – selbst unterwegs ist, wie alt ist er dann heute?“
„Zweihundertsechsunddreißig“, sagte ich wie aus der Pistole geschossen. „Genau wie du.“

Brosi nickte. „Na, siehst du! Genau wie ich. Deshalb sind Textaufgaben so richtig aus dem Leben gegriffen."
„Aber leider nicht alle!" Ich nahm ihm das Mathebuch ab und stopfte es in meinen Ranzen. Dabei überlegte ich, wer ihn wohl vor zweihundertachtundzwanzig Jahren gebissen haben mochte. Auch darüber verlor Brosi kein Wort.
„Ich habe schon immer gern Mathe gemacht", sagte er jetzt. „Und Geschichten gelesen. Und Aufsätze geschrieben."
Ich sah ihn neugierig an. „Wo bist du überhaupt in die Schule gegangen?"
Er zuckte die Achseln. „Bin ich ja gar nicht! Bis ich zu euch kam, habe ich einen Hauslehrer gehabt."
„Ah, so einen, der kommt und geht?"
„Ja. Er hieß Konstantin Kummernuss und war schon ganz alt und grau."

„Frau Rosenbrück ist jung und blond", sagte ich und war froh, dass ich so eine Lehrerin hatte.
Brosi nickte. „Ich würde sie gern mal sehen."
„Kein Problem!", erklärte ich. „Sie ist auf dem Klassenfoto, das wir im ersten Schuljahr gemacht haben. Sie hat sich seitdem kaum verändert."
Ich suchte und fand das Foto in meinem Schreibtisch. Brosi betrachtete es lange.
„Sie ist wirklich hübsch", sagte er endlich.
„Sie hat schöne Augen und tolle Haare und einen appetitlichen Hals."
Ich schluckte. Ehrlich gesagt fand ich Brosis Begeisterung etwas übertrieben. Vor allem die für Frau Rosenbrücks Hals.
Ich streckte die Hand nach dem Bild aus, aber Brosi gab es nicht her.
„Ich würde sie gern in Wirklichkeit sehen",

seufzte er sehnsüchtig. „Kann ich nicht mit in die Schule?“
Ich sah ihn verdutzt an. „Frau Rosenbrück ist manchmal sehr streng“, erklärte ich warnend. „Sie schreit und sie schimpft. Sie gibt Strafarbeiten auf. Und sie …“
Mehr fiel mir beim besten Willen nicht ein.
„Aber sie ist wirklich hübsch“, sagte Brosi. „Wie heißt sie mit Vornamen?“
„Rita. Sie heißt Rita Rosenbrück.“
„Schön!“, seufzte Brosi. „Viel schöner als Konstantin Kummernuss.“
Das fand ich zwar auch, aber Brosis Seufzer machten mir Sorgen. Ich nahm ihm das Foto ab und ließ es schnell wieder in meinem Schreibtisch verschwinden.
„Ich gehöre unbedingt in die dritte Klasse“, sagte er eifrig. „Rita Rosenbrück wird das schon merken.“

„Frau Rosenbrück“, verbesserte ich. „Man nennt seine Lehrerin nicht mit Vornamen.“
„Auch gut!“ Brosi zuckte die Achseln.
„Frau Rosenbrück könnte mich vielleicht neben dich setzen.“
„Ja, das könnte sie“, sagte ich zögernd.
Der Gedanke gefiel mir schon besser.
Ein Platz an meinem Tisch war tatsächlich noch frei. Ich dachte, dass es bestimmt aufregend sein würde, neben Brosi zu sitzen. Vermutlich nicht immer angenehm, aber auf alle Fälle nie langweilig.
Als ich meinen Ranzen zumachte, fiel ein dünner Strahl der Abendsonne durch den winzigen Spalt eines Rollladens. Er legte sich schräg über den Schreibtisch.
Erschrocken rutschte Brosi herunter.
„Siehst du, es geht nicht“, sagte ich schnell. „Ich meine, du kannst nicht mit in die Schule. Wegen der Sonne.“

Er warf mir einen unglücklichen Blick zu. „Mist!“, murmelte er. „Daran habe ich gar nicht gedacht. Kann Frau Rosenbrück nicht nachts unterrichten?“
Ich zuckte die Achseln. „Kann sie schon. Will sie aber bestimmt nicht.“
„Nicht mal eine einzige Stunde?“
Ich schüttelte energisch den Kopf. „Ihre Schüler schlafen doch nachts. Und sie selbst schläft schließlich auch.“
„Mist!“, murmelte Brosi wieder und fügte nach kurzem Überlegen hinzu. „Wo schläft sie denn? Hast du eine Ahnung?“
„In ihrem Bett“, sagte ich. „Das nehme ich jedenfalls an.“
„Hm“, machte Brosi und blickte zu Boden. Ich fand, dass er sehr unschuldig aussah. Aber wenn er so aussieht, muss man sich besonders vor ihm in Acht nehmen.

„Und wo steht dieses Bett?“, fragte er.
Da ging mir ein Licht auf. Aber ich stellte mich dumm. „Wo stehen Betten? Natürlich im Schlafzimmer!“
Er lächelte nur ein ganz kleines bisschen. Aber mir lief sofort wieder dieser leichte Schauder über den Rücken.
„Ich möchte wissen“, sagte Brosi, „wo Frau Rosenbrück wohnt.“
Da wusste ich, was er plante. Aber ich hatte keine Lust ihm dabei zu helfen.
„Tut mir Leid“, sagte ich deshalb, „ich sehe meine Lehrerin nur in der Schule.“
Ungefähr in diesem Augenblick kamen

Nina und Tina herein. Sie hatten ihre Ranzen gepackt und wollten jetzt mit uns spielen.
Aber Brosi hatte keine Lust. Er hatte auch keine Lust, sich in eine Fledermaus oder in einen Wolf zu verwandeln. Nicht mal in eine Ratte oder wenigstens in eine Eidechse. Alles das kann er nämlich ganz prima. Doch diesmal weigerte er sich.
Er hatte nur die Schule im Kopf und wie er dahin kommen konnte.
Nina und Tina wurden ganz mitleidig, als er es ihnen erzählte. Und sie hätten ihn gern mit in ihre Klasse genommen. Aber

davon wollte Brosi nichts wissen. Nina und Tina haben nämlich keine Lehrerin, sondern einen Lehrer. Der ist genauso alt und grau wie Herr Kummernuss und er interessierte Brosi kein bisschen.
„Ich gehöre ins dritte Schuljahr“, sagte er immer wieder. „Zu Frau Rosenbrück! Ich bin schon genauso weit wie Hanna. Das habe ich an ihren Büchern gesehen.“
Nina schlug vor, dass wir Mama und Papa um Rat fragen sollten, und Tina sagte, das wäre ein guter Vorschlag. Nina und Tina meinen immer dasselbe. Das liegt wohl daran, dass sie Zwillinge sind.
Diesmal hatten die beiden tatsächlich Recht. Das sollte sich noch am selben Abend herausstellen.

3.

Beim Abendbrot ist Brosi meistens sehr munter. Für ihn fängt der Tag dann erst richtig an. Oder die Nacht. Wie man's nimmt.

Mama besteht darauf, dass wir bei allen Mahlzeiten gemeinsam am Tisch sitzen. Auch morgens und mittags, obwohl man Brosi dann manchmal kaum wach kriegt. Er schläft unten im Keller, und wer ihn aufwecken und raufholen muss, hat es wahrhaftig nicht leicht.

Zum Abendbrot kommt er allerdings meist von allein, weil er dann ausgeschlafen hat. Und Hunger obendrein. Sogar auf die Sachen, die bei uns auf dem Tisch stehen. Vor allem auf Blutwurst. Seit Brosi da ist, gibt es bei uns jeden Tag in irgendeiner Form Blutwurst.

Diesmal hatte Mama Salat aus Blutwurst gemacht. Mit Essig und Öl und viel Zwiebeln. Brosi pickte mit der Gabel wie immer nur die Blutwurst heraus. Aber er war längst nicht so munter wie sonst. Ich glaube, er sagte kein einziges Wort und blickte nur stumm auf seinen Teller.
„Was ist denn, Bröselchen?“, erkundigte sich Mama besorgt. „Tut dir vielleicht dein Bauch weh?“
Brosi schüttelte energisch den Kopf.
„Aber du hast doch was“, bohrte Mama.
„Es ist …“, sagte Brosi. „Es ist, weil … Ich will morgen mit in die Schule!“
„In die Schule?“, fragte Papa erstaunt. „Nun, dagegen ist an sich nichts zu sagen.“
„Finde ich auch!“ Brosi war sehr erfreut über die Zustimmung. „Ich will zu Hanna in die 3a.“

„Wegen Frau Rosenbrück?“ Papa lächelte. „Ja, das ist eine sehr nette Lehrerin. Hat Hanna dir von ihr erzählt?“ Brosi nickte. „Und ein Foto gezeigt! Frau Rosenbrück gefällt mir sehr gut. Deshalb will ich sie ja auch bei …“ Er verschluckte sich an einem Stück Blutwurst und sein blasses Gesicht wurde ganz rot.

„Wie bitte?“ Papa sah ihn misstrauisch an.
Brosi holte tief Luft. „Ich will sie bei … bei allem, was ich noch nicht gehabt habe, sofort um Nachhilfe bitten.“
„Bröselchen“, sagte Mama, „ich weiß, du bist ein höfliches Kind. Bestimmt hat Frau Rosenbrück nicht viele von deiner Sorte in ihrer Klasse.“
Brosi grinste. „Bestimmt nicht!“
Mama schüttelte traurig den Kopf. „Aber mit der Schule – das wird nichts!“
„Sei vernünftig, Ambrosius!“, sagte Papa. „Du kennst das Problem. Tageslicht ist für dich nun mal lebensgefährlich! Von Sonnenschein gar nicht zu reden. Wir können dich doch nicht jeden Morgen in deinen Umhang wickeln und wie ein Paket in die Schule tragen.“
Brosi gab keine Antwort. Er blickte nur

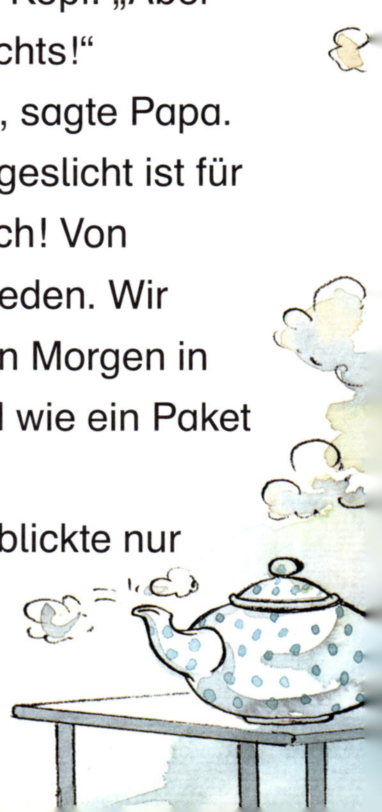

betrübt auf seinen Blutwurstsalat. In diesem Moment tat er mir Leid.

„Aber, Papa ...!“, rief Nina.

„Wir dachten ...!“, rief Tina.

„Aber, Papa, wir dachten“, rief ich und dachte fieberhaft nach, „wir dachten, du könntest vielleicht was erfinden!“

„Was denn?“, fragte Papa verblüfft.

„Eine Medizin!“, sagte ich schnell. „Was zum Vorbeugen! Du hast uns erklärt, dass es das gibt. Wie Vitamin C gegen Schnupfen.“

Nina fiel Papa von links um den Hals, Tina von rechts. Ich blieb sitzen, aber ich sah Papa voller Bewunderung an. Dann sagte ich: „Du bist doch der beste Kinderarzt und der klügste Papa der Welt."
Brosi nickte. „Ja, das finde ich auch."
Mama nickte ebenfalls. Sie legte ihre Hand auf Papas Hand. „Michael", sagte sie, „was Hanna da vorschlägt, ist doch gar nicht so dumm."
Papa runzelte nachdenklich die Stirn. „Nein, natürlich ist es nicht dumm. Ich werde mir die Sache bestimmt durch den Kopf gehen lassen."
„Oh, bitte, jetzt gleich!", drängte Brosi. „Oder wenigstens heute Nacht! Und auf alle Fälle bis morgen Früh! Da will ich nämlich mit in die Schule."
Papa zögerte. „Eigentlich wollte ich heute Abend im Fernsehen den Krimi gucken."

Brosi sah ihn vorwurfsvoll an.
„Außerdem“, sagte Papa, „müsste ich vorher noch ein paar ziemlich dicke Bücher wälzen.“
„Kannst du doch“, meinte Brosi.
„Wahrscheinlich klappt die Sache nicht gleich“, vermutete Papa.
Brosi warf ihm einen aufmunternden Blick zu. „Je eher du es versuchst, umso schneller klappt es.“
„Aber der Krimi …“, fing Papa noch mal von vorn an.
Mama lächelte. „Keine Sorge! Den erzähle ich dir.“
Natürlich ist ein erzählter Krimi höchstens halb so gut wie ein selbst geguckter. Das wussten wir alle. Aber nach Mamas Vorschlag gab sich Papa geschlagen. Er schob seinen Teller zurück und sagte: „Also dann, meinetwegen.“

Er sagte auch noch, dass er uns nichts versprechen könnte. Und Brosi sollte sich bloß keine zu großen Hoffnungen machen.
Aber wir sahen ihm ganz zuversichtlich nach, als er in seiner Praxis verschwand. Er kam dann noch mal zurück und gab Brosi den Rat, diesmal für alle Fälle auf seinen nächtlichen Ausflug zu verzichten. Brosi sollte versuchen zu schlafen. Sonst wäre er morgens nämlich zu schlapp für die Schule.
„Wir können ja auf Brosi aufpassen", sagte ich. „Wir können bei ihm im Keller schlafen und dafür sorgen, dass er nicht aufsteht."
Brosi warf mir zwar einen schrägen Blick zu, aber Papa fand den Vorschlag gar nicht so schlecht. Also holten Nina, Tina und ich unsere Schlafsäcke. Dann sagten

wir Gute Nacht und zogen zu viert in den Keller. Zuerst putzten wir uns natürlich die Zähne. Brosi vergisst das nie.
„Aber jetzt wird geschlafen“, rief Mama uns nach, „und kein Unsinn gemacht! Ich komme gleich gucken.“
Wir haben im Keller ein Spielzimmer mit Matratzen und einem Schlafsofa und einem alten Bett von unserer Oma. In dem schläft Brosi. Er hätte zwar anfangs lieber einen Sarg gehabt. Doch davon wollten Mama und Papa nichts wissen.
Selbstverständlich krochen wir zuerst alle vier in das große Oma-Bett und gackerten und alberten noch rum. Aber als Mama kam, verschwanden Nina, Tina und ich schleunigst in unseren Schlafsäcken.
Brosi war kein bisschen müde. Deshalb bestand er darauf, noch eine kleine Vorstellung für uns zu geben.

Er verwandelte sich in eine Eidechse und flitzte die Wände rauf und runter. Er flitzte sogar unter der Kellerdecke her und es machte ihm gar nichts aus.
Aber als er noch mehr zeigen wollte, sagte ich, jetzt wäre Schluss. Wir müssten schließlich alle morgens früh aufstehen.
„Und in die Schule!“, fügte Brosi ganz zufrieden hinzu.
Dann schliefen wir ein. Alle vier. Auch Brosi. Das nehme ich jedenfalls an.

4.

Am nächsten Morgen wurden wir von Papa geweckt. Er stand neben dem Oma-Bett und rüttelte mit der einen Hand an Brosis Schulter. In der anderen Hand hielt er ein Glas Wasser. Und noch etwas, was man nicht gleich sehen konnte.
Nina, Tina und ich waren sofort munter. Und ziemlich aufgeregt auch. Aber Brosi knurrte nur und legte sich auf die andere Seite. Papa musste immer heftiger rütteln. Vor lauter Rütteln schwappte etwas Wasser aus dem Glas in Brosis Gesicht. Da machte Brosi endlich die Augen auf und fuhr in die Höhe.
„Aufstehen, Ambrosius!“, sagte Papa. „Es wird höchste Zeit für die Schule.“
„Schule?“, Brosi war ganz benommen. „Für welche Schule?“

„Du wolltest doch mit!“, sagte ich und kroch schnell aus dem Schlafsack. „In die 3a. Zu Frau Rosenbrück.“
Brosi strich sich die wirren, schwarzen Haare aus dem blassen Gesicht. Er wurde nur langsam wach. Aber man konnte sehen, dass ihm jetzt alles wieder einfiel. Er lächelte und ich wandte mich ab.
So früh am Morgen war der Schauder auf meinem Rücken stärker als sonst.
Nina und Tina waren inzwischen auch aus ihren Schlafsäcken heraus.
„Du hast es geschafft!“, rief Nina.
„Du hast es wirklich geschafft!“, rief Tina.
„Ja, das habe ich“, sagte Papa und hielt das Glas ein Stück höher. „Vorsicht, Kinder, schmeißt mich nicht um!“
„Wo hast du die Medizin?“, fragte Brosi.
„Sind es Tropfen oder Tabletten?“
„Tabletten“, antwortete Papa. „Mach den

Mund auf, Ambrosius! Sie schmecken ein bisschen bitter. Spül sie schnell runter!"
Er gab Brosi das Glas und hielt ihm auf der flachen Hand zwei weiße Kügelchen hin.
Brosi zögerte nicht eine Sekunde. Er beugte sich vor und fraß Papa die Dinger glatt aus der Hand. Ehrlich, ich kann es nicht anders ausdrücken. Er tat es mit weichen Lippen, ganz vorsichtig, um Papa nicht zu verletzen. Nina, Tina und ich sahen atemlos zu.

„Das war's!", sagte Papa und lachte. Dann scheuchte er uns die Kellertreppe hinauf. Mama hatte nämlich schon zweimal zum Frühstück gerufen.
„Jetzt die Vorhänge zurück und die Rollläden hoch!", rief Papa, als wir oben ankamen. „Ich hoffe, dass die Medizin wirkt."
Das hofften wir alle! Brosi am meisten. Er sank auf einen Stuhl und rührte sich nicht.
Nina, Tina und ich stürzten ans Fenster. Nina und Tina zogen die Vorhänge auf und ich hängte mich an den Rollladengurt. Allerdings nur mit halber Kraft. Und als der erste Sonnenstrahl sich über den Tisch legte, ließ ich schnell wieder los. Ich drehte mich um und sah, wie Brosi seine rechte Hand langsam über die Tischdecke schob – dem Licht der Sonne

entgegen. Ich sah, wie sich seine dünnen, weißen Finger vorwärts bewegten, wie sie stockten und weiterkrochen,
wie sie plötzlich aufleuchteten und liegen blieben. Brosis dünne, weiße Finger sahen jetzt merkwürdig durchsichtig aus. Aber sie blieben heil.

Keiner sagte was. Alle starrten hin wie verhext. Dann hob Brosi die linke Hand und legte sie vorsichtig neben die rechte. Auch diesmal ging alles gut.
„Es klappt!“, sagte Papa zufrieden. „Die Tabletten wirken.“
Da zog ich den Rollladen ganz hoch. Die Morgensonne stand wie ein goldener Ball über der Rosenhecke und schickte ihr Licht ungehindert ins Zimmer. Brosi saß mittendrin.
„Es klappt wirklich!“, murmelte er und schloss geblendet die Augen. Niemals hatten wir sein Gesicht so klar und deutlich gesehen – die schneeweiße Haut, die blassen Lippen, die feinen Spitzen seiner kräftigen Eckzähne, die dunklen Schatten auf den Wangen und unter den Augen.
„Bröselchen“, flüsterte Mama. Es hörte

sich an, als sollte noch etwas kommen. Aber es kam nichts mehr.
Brosi stand langsam auf, breitete die Arme aus und hob sein Gesicht der Sonne entgegen. Er zitterte. Aber irgendwie strahlte er auch. Ich fand, dass er aussah wie ein kleiner Sonnenanbeter. Dass er obendrein ein Vampir war, konnte ich in diesem Moment einfach nicht fassen.
„Papa“, sagte ich, „also echt, du bist wirklich der Größte!“
„Der Allergrößte!“, sagte Nina.
„Der Allerallergrößte!“, sagte Tina.
Brosi sagte gar nichts. Er machte nur endlich die Augen auf und sah Papa dankbar an. Danach tat er etwas sehr Komisches. Er küsste Papa nämlich die Hand. Nina und Tina lachten. Mir gefiel dieser Handkuss ganz gut.

Papa war ziemlich verdutzt. „Ambrosius“, sagte er, „was soll das denn?“
„Gefällt es dir nicht?“, fragte Brosi. „Ich habe das früher öfter gemacht, so vor zweihundertdreißig Jahren.“
„Beeilt euch, Kinder!“, rief Mama. „Ihr kommt zu spät in die Schule.“
Wir sahen uns an und merkten, dass wir immer noch unsere Schlafanzüge trugen. Und dass wir uns noch gar nicht gewaschen hatten. Noch nicht mal die Zähne geputzt! Und einen Ranzen für Brosi hatten wir auch nicht.
„Er kann meine alte Arzttasche kriegen“, schlug Papa vor. „Die muss für heute reichen. Ich fahre euch zur Schule und werde Frau Rosenbrück alles erklären.“
„Fast alles“, sagte Mama und schmierte jedem ein Brot. „Wir wollen hoffen, dass sie den Rest niemals erfährt.“

„An uns soll es nicht liegen“, versicherte ich. „Wir halten bestimmt den Mund.“
Papa warf Brosi einen strengen Blick zu. „Du auch, Ambrosius! Hast du gehört?“
Brosi nickte. Dann lächelte er. Ein ganz kleines bisschen. Also echt, wenn einer den Mund halten musste, dann er!

5.

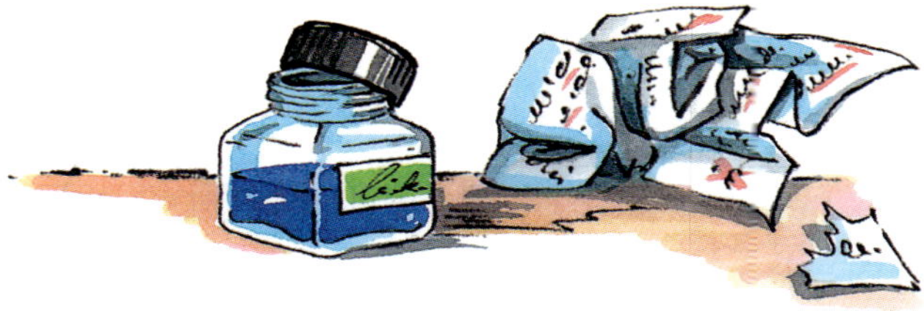

Frau Rosenbrück setzte Brosi tatsächlich neben mich. Ich wusste nicht, was Papa ihr draußen alles erzählt hatte. Aber sie fragte nicht viel, sondern sagte, dass sich mein Bruder hoffentlich bald einleben würde. Und die anderen sollten ihm das möglichst erleichtern. Sie sollten ihn nicht anstarren und ihm keine neugierigen Fragen stellen. Dann fing sie mit dem Unterricht an.

Natürlich starrten die meisten dann doch zu Brosi herüber. Das regte mich weiter nicht auf. Wenn jemand neu in die Klasse kommt, ist das schließlich so üblich. Ich war allerdings froh, dass Brosi niemanden anlachte. Ich dachte, die anderen würden seine Zähne bestimmt noch früh genug zu sehen kriegen.

In der ersten Stunde hatten wir Deutsch. Da sprachen wir über Gedichte, und zwar sollten wir selbst welche machen. Das heißt, wir sollten Reimwörter suchen.

„Haus“, sagte Frau Rosenbrück.

„Maus“, sagte Annika.

„Zopf“, sagte Frau Rosenbrück.

„Topf“, sagte Dennis.

„Kahn“, sagte Frau Rosenbrück.

„Zahn“, sagte Brosi.

Unsere Lehrerin nickte ihm zu. „Sehr gut! Das hast du schnell begriffen.“ Dann machte sie weiter.

„Platz“, sagte sie.

„Schmatz“, sagte Brosi.

Eigentlich müssen wir immer erst den Finger heben, ehe wir etwas sagen. Aber weil Brosi noch neu war, nahm Frau Rosenbrück es nicht so genau.

„Hut“, sagte sie.

„Blut“, sagte Brosi.
Nun stutzte Frau Rosenbrück und sah ihn nachdenklich an. „Merkwürdig! Es kommt mir so vor, als ob alle deine Reimwörter auf irgendeine Weise zusammengehören. Habe ich Recht?“
Ich stieß meinen Ellenbogen möglichst unauffällig in Brosis Rippen.

Er zögerte. Dann schlug er unschuldig die Augen auf und sagte: „Meine Reimwörter stammen alle aus einer Geschichte."
Frau Rosenbrück strahlte. „Ja, stimmt! Aus einer Vampirgeschichte."
Brosi nickte. „Ich finde, das sind die besten."
Die anderen fanden das auch. Während sie erfreut in die Hände klatschten, blickte ich still vor mich hin. Aber ich wäre beinahe vor Lachen geplatzt.
Als wir genug gereimt hatten, fragte Frau Rosenbrück, ob vielleicht jemand von uns ein Gedicht aufsagen wollte.
Wir haben bei ihr schon eine Menge Gedichte gelernt, auch wenn das nicht mehr modern ist. Frau Rosenbrück sagt, dass Gedichte ein ewiger Schatz sind und dass wir bis in unser hohes Alter etwas davon haben werden.

Ich lerne gern Gedichte und sage auch gern welche auf. Deshalb meldete ich mich. Aber Brosi meldete sich ebenfalls und Frau Rosenbrück nahm ihn dran, weil sie sich freute, dass er auch schon ein Gedicht auswendig konnte.

„Wie heißt es denn?“, fragte sie neugierig.

Brosi zuckte die Achseln. „Die Überschrift weiß ich nicht mehr. Aber die erste Zeile heißt: Freundlich grüßt uns die Nacht.“

„Das ist ein schöner Anfang“, meinte Frau Rosenbrück. „Also, dann trag es uns vor!

Wenn du willst, kannst du nach vorn kommen."

„Ja gern", sagte Brosi und stellte sich mit dem Rücken zur Tafel vor die Klasse.

Er war kein bisschen aufgeregt. Bestimmt hatte ich mehr Herzklopfen als er. Alle sahen ihn an. Während sein Blick von einem zum anderen wanderte, wurde es so still wie noch nie. Da begann Brosi mit sanfter Stimme zu sprechen:

„Freundlich grüßt uns die Nacht.
Nun schnell den Sarg aufgemacht!
Silbern lacht uns der Mond,
verrät, wo die Schläferin wohnt.
Wir wecken sie keinesfalls.
Angenehm riecht uns ihr Hals.
Sie schläft sehr tief und sehr gut.
Köstlich schmeckt uns ihr Blut."

Brosi schwieg. Ich schauderte, obwohl er diesmal gar nicht lächelte. Die Klasse saß

Zahn
Schmatz

wie erstarrt. Frau Rosenbrück guckte Brosi an, als hätte sie so was wie ihn noch nie gesehen. Und das hatte sie ja auch nicht. Da war ich so gut wie sicher.
„Ambrosius …“, sagte sie endlich. Dann verstummte sie. Plötzlich schien sie zu zweifeln, ob das der richtige Name war.
„Ambrosius – nicht wahr?“
Brosi nickte. „Ambrosius Bredfeld. Aber Sie können ruhig Brosi zu mir sagen.“
„Also gut, Brosi. Das war ein ziemlich merkwürdiges Gedicht. Weißt du, wer es geschrieben hat?“
Brosi schüttelte den Kopf. „Das habe ich leider vergessen. Aber es stand in meinem alten Lesebuch.“
„Nicht zu fassen!“, sagte Frau Rosenbrück.
„Es handelt offenbar von einem Vampir. Oder sogar von mehreren?“
Brosi nickte. „Hat es Ihnen gefallen?“

Frau Rosenbrück fasste sich an den Hals. „Ich … ich weiß nicht recht. Du scheinst Vampire sehr spannend zu finden.“
„Nicht nur das“, sagte Brosi und mir stockte der Atem. „Ich bin …“
Da begann ich furchtbar zu husten. Ich hustete so laut und so lange, dass mich alle anguckten. Brosi auch. Ich sah ihm fest in die Augen.

Als ich zu husten aufhörte, redete er weiter. „Ich bin“, behauptete er, „an allem interessiert, was mit Vampiren zu tun hat.“

„Das merkt man“, sagte Frau Rosenbrück. „Ich hoffe, es geht vorbei.“

„Ich hoffe nicht!“, antwortete Brosi heftig. „Es soll bis in alle Ewigkeit so bleiben.“

„In alle Ewigkeit?“, wiederholte Frau Rosenbrück. „Das ist eine lange Zeit.“

Brosi lächelte. „Nicht für Vampire.“

Ein Tuscheln ging durch die Klasse. Und dann rief Sebastian hinten am Fenster: „Der Neue sieht ja selbst aus wie ein Vampir!“

Darauf brach ein regelrechter Tumult aus. Frau Rosenbrück klatschte in die Hände und wurde ganz rot im Gesicht. „Jetzt reicht's! Für heute will ich nichts mehr von Vampiren hören. Brosi, geh an deinen Platz!"

Brosi sah mich nicht an, als er sich neben mich setzte. Er wusste genau, dass ich eine ziemliche Wut auf ihn hatte. Bis zur zweiten Pause benahm er sich tadellos. Er lächelte kein einziges Mal und antwortete nur, wenn man ihn fragte. Aber in der letzten Stunde hatten wir Mathe und da vergaß er seine guten Vorsätze.

Wir fanden bald heraus, dass Brosi viel besser rechnen konnte als wir. Sogar die Textaufgaben, mit denen wir uns schon vor den Ferien abgerackert hatten, kriegte er im Handumdrehen heraus. Nach der dritten langweilte er sich. Er gähnte laut in die Klasse und hielt sich nicht mal die Hand vor den Mund.

Frau Rosenbrück sah herüber und ich merkte, dass sie furchtbar erschrak. „Mein Gott, Junge“, sagte sie, „du hast wirklich Zähne …“ Brosi nickte. „Stark und gesund.“ „Du musst sie trotzdem dem Schulzahnarzt zeigen“, meinte Frau Rosenbrück. „Ich glaube, solche Zähne hat er noch nicht gesehen.“ Dann schrieb sie die nächste Aufgabe an die Tafel.

Brosi seufzte. Immerhin ließ er den Mund dabei zu. Als ich dran kam, sagte er mir vor.

Er konnte tatsächlich vorsagen, ohne die Lippen zu bewegen.

„Siehst du wohl, Hanna“, lobte Frau Rosenbrück, „ich glaube, jetzt hast du’s kapiert. Für heute machen wir Schluss mit den Textaufgaben.“

Brosi hob seinen Finger. „Ich weiß aber noch eine!“

„Na gut“, sagte Frau Rosenbrück.

Brosis dunkle Augen strahlten sie an.

„Also, da ist ein Vampir …“

„Oh nein!“, stöhnte Frau Rosenbrück.

„Oh doch!“, sagte Brosi. „Der beißt am Montag zwei Leute. Diese zwei Leute werden natürlich auch Vampire und beißen am Dienstag wieder zwei Leute. Ich meine, jeder beißt zwei. Und so weiter.“

„Um Himmels willen“, flüsterte Frau Rosenbrück.

Brosi nickte zufrieden. „Ja, das ergibt eine ganze Menge.“

„Schluss damit!“, rief Frau Rosenbrück. Brosi gab nach. „Dann rechnen wir nur noch bis Freitag. Also fünf Tage. Wie viele Vampire waren es da?“
In diesem Augenblick klingelte es. Frau Rosenbrück stopfte das Mathebuch in ihre Tasche. „Das ist wirklich eine knifflige Aufgabe“, sagte sie. „Wer Lust hat, kann es zu Hause ja mal probieren.“
„Gute Idee!“, meinte Brosi. „Probieren Sie es auch?“
Frau Rosenbrück nickte und nahm ihre Tasche.
„Wenn Sie es nicht schaffen“, rief Brosi ihr nach, „sage ich Ihnen morgen, was rauskommt.“

6.

Vom ersten Tag an gefiel es Brosi sehr gut in der Schule. Ihm gefiel einfach alles – der Unterricht und die Pause, der Klassenraum und der Schulhof, der Platz neben mir und das Zusammensein mit den anderen. Ihm gefielen sogar die Hausaufgaben. Aber am allerbesten gefiel ihm Frau Rosenbrück. Daraus machte er kein Geheimnis.

„Frau Rosenbrück, du bist mein Glück!", trällerte er schon morgens auf der Kellertreppe. Und weil er wie alle Vampire kein Spiegelbild hatte, fragte er mich auf dem Schulweg dauernd, ob seine Haare auch richtig säßen und ob seine Jeans nicht zu kurz oder zu weit wären. Einmal klaute er Mama ein bisschen Schminke und rieb sie sich ins Gesicht. Da war er dann zwar

nicht mehr so blass, aber er sah trotzdem nicht schön aus.
„Ich glaube, du bist in deine Lehrerin verschossen“, sagte Nina. „Das ist doch total beknackt.“

„Klar, du hast ein Auge auf Frau Rosenbrück geworfen“, sagte Tina. „Da kann man sich doch bloß an den Kopf fassen.“
Brosi gab keine Antwort. Er grinste nur.
Und der kalte Schauder auf meinem Rücken wollte diesmal gar nicht mehr aufhören. Ich hatte das Gefühl, es würde bald etwas Schlimmes passieren.
Doch es passierte nichts. Frau Rosenbrück war frisch und munter wie immer.
Brosi benahm sich weitgehend normal.
An seine Zähne und seine Sprüche hatte sich die Klasse inzwischen gewöhnt.
Allmählich atmete ich auf.
Der Sommer stand vor der Tür. Die Tage wurden immer sonniger und länger. Aber Brosi nahm jeden Morgen seine Tabletten und fühlte sich super.
Im letzten Monat gingen wir dann auf Klassenfahrt. Das wisst ihr ja schon.

Wir hatten uns lange darauf gefreut. Eine ganze Woche lang keine Schule! Nur Spiel und Spaß, Freiheit und Abenteuer von morgens bis abends! Auch ich fand es toll, ohne meine Eltern und Schwestern in einen Bus zu steigen und wegzudüsen. Ich habe Mama und Papa, Nina und Tina wirklich sehr lieb, aber fünf Tage und vier Nächte komme ich gut ohne sie aus.

Brosi ging es genauso. „Klassenfahrt!“, sagte er und ließ sich das Wort auf der Zunge zergehen. „Das ist auf alle Fälle spannender als so ein blöder Spaziergang mit Herrn Kummernuss!“ Dann sagte er noch: „Tag und Nacht sind wir zusammen! Die reizende Rita ist immer dabei. Weiß man schon, wo sie schläft?“ Ich boxte ihn nur in die Seite. Das war auch eine Antwort. Und Brosi verstand sie sofort.

Wo Frau Rosenbrück schlief, erfuhren wir natürlich erst auf Burg Pattenberg. Das war das Freizeitheim, wo wir hinfuhren. Frau Rosenbrück schlief ganz am Ende des Flurs in einem Einzelzimmer. Sie sagte, das brauchte sie auch, um sich von uns und allen Strapazen zu erholen. Und am Ende des Tages wäre sie froh, wenn sie die Tür hinter sich zumachen könnte. Ehrlich gesagt konnte Frau Rosenbrück die Tür am Ende des ersten Tages erst sehr spät hinter sich zumachen. Da war auf dem Flur nämlich noch lange was los. Auf der linken Seite schliefen die Mädchen, auf der rechten die Jungen. Das heißt, wir sollten schlafen. Tatsächlich spielten wir lieber Gespenster. Wir hatten uns in unsere Bettlaken gehüllt und rannten mit Geheul von einem Zimmer ins andere. Frau Rosenbrück immer hinter uns her! Es wurde schon hell, als wir alle endlich im richtigen Bett lagen.

Ich muss hier mal deutlich sagen, dass Frau Rosenbrück wirklich eine nette Lehrerin ist. Sie denkt viel mehr an uns als an sich selbst. Obwohl sie am nächsten Abend sehr müde war, feierte sie mit uns ein Burgfest und zeigte uns viele Spiele, die wir noch gar nicht kannten.

Am dritten Abend musste unsere Lehrerin dann ziemlich oft gähnen. Trotzdem machte sie mit uns die versprochene Nachtwanderung. Wir zogen mit unseren Taschenlampen durch den Wald.

Vorn ging Frau Rosenbrück. Hinten ging Herr Müller-Angstfeld. Das war der Referendar, der mitgereist war, weil er auch auf uns aufpassen sollte.
Im Wald gab es nicht eine einzige Laterne. Aber unsere Taschenlampen brauchten wir trotzdem nicht. Der Mond war hell genug. Er sah aus wie eine riesige, von innen erleuchtete Apfelsine.
„Kinder, was haben wir für ein Glück!", rief Herr Müller-Angstfeld von hinten. „Es gibt wahrhaftig nichts Schöneres als eine Nachtwanderung bei Vollmond."

Herr Müller-Angstfeld hatte zwar eine furchtbar laute Stimme. Aber Recht hatte er auch. Und einen Mond wie diesen hatte ich noch niemals gesehen. Ich musste ihn immerzu angucken. Zwischendurch hielt ich Ausschau nach Brosi. Er war die ganze Zeit neben mir gewesen. Und nun war er weg! Ich traute mich nicht seinen Namen zu rufen, weil ich niemanden auf sein Verschwinden aufmerksam machen wollte. Zuerst war ich etwas besorgt, aber dann tröstete ich mich damit, dass Vampire bei Nacht bestimmt nicht verloren gehen.
Natürlich war auch Brosi nicht verloren gegangen. Er hatte sich bloß ein bisschen verwandelt. Das wusste ich sofort, als Frau Rosenbrück stehen blieb und uns zurief: „Schaut mal, da ist eine Fledermaus! Ich habe mir schon gedacht,

dass es auf Burg Pattenberg welche gibt. Bestimmt wohnen sie oben im Turm."
Ich dachte, dass die Fledermaus, die zuerst mein Haar streifte und danach tanzend und taumelnd dem Mond entgegenstieg, mit uns sogar auf dem selben Flur wohnte. Aber natürlich hielt ich den Mund.
Als wir den Wald verließen, ging Brosi dann wieder an meiner Seite. Er stieß mich an und flüsterte: „Na, war ich gut?"
Ich nickte und flüsterte zurück: „Aber jetzt nichts Vampirmäßiges mehr!"
Seine Augen leuchteten im Mondlicht wie die einer Katze.

„Heute nicht“, sagte er leise.
„Versprochen!“
Es hätte mich gleich misstrauisch machen sollen, dass Brosi „heute“ gesagt hatte. Aber inzwischen war ich auch ziemlich müde. Selbst einem Kind bleiben drei Nächte mit wenig Schlaf nicht in den Kleidern hängen.
Erst als ich am nächsten Abend den runden Mond über dem Wald sah, fiel mir Brosis Versprechen siedend heiß wieder ein. Was gestern heute gewesen war, lag hinter uns. Die vierte Nacht brach gerade herein. Es war unsere letzte Nacht auf Burg Pattenberg. Und eine Vollmondnacht obendrein!
Ich nahm mir vor, Brosi nicht aus den Augen zu lassen. Und Frau Rosenbrück auch nicht! Doch wie – das fiel mir lange nicht ein. Im Zimmer der Mädchen würde

ich Brosi nicht einmal hören. Im Zimmer der Jungen würde man mich auf keinen Fall dulden. Ich überlegte allen Ernstes, ob ich unter Frau Rosenbrücks Bett kriechen sollte. Aber der Plan war mir dann doch nicht geheuer.
Im letzten Augenblick entdeckte ich auf dem Flur eine Besenkammer, in der man sich gut verstecken konnte. Wenn ich die Tür einen Spalt offen ließ, hatte ich einen guten Blick auf das Zimmer, wo Brosi schlief, und auch auf das Zimmer von Frau Rosenbrück. Ich würde mühelos sehen können, wer dort ein und aus ging. Ganz so mühelos, wie ich gedacht hatte, war die Sache dann allerdings doch nicht Es war schon schwierig genug, in die Kammer zu schleichen, ohne dass die anderen es merkten. Aber das Schwierigste kam erst danach. Sobald ich

mich nämlich drinnen in eine Decke gewickelt und auf einen Putzeimer gesetzt hatte, fielen mir die Augen zu. Zum ersten Mal seit vier Tagen war ich allein. Und wollte schlafen. Sonst gar nichts.
Zuerst kniff ich mich von Zeit zu Zeit in den Arm. Aber weil ich immer schon einschlief, ehe ich kneifen konnte, setzte ich mich schließlich auf eine Drahtbürste. Da blieb ich dann wach.
Viele, viele Male zählte ich die Schläge der Kirchturmuhr unten im Dorf. Als sie zwölf schlug, wurde ich vor Aufregung ziemlich munter. Mitternacht ist eine gute Zeit für Vampire. Aber in Brosis Zimmer rührte sich nichts. Und die Tür blieb zu.
Dafür hörte ich bei Frau Rosenbrück ein Geräusch, das ich mir nicht erklären konnte. Zuerst klapperte es. Und dann fiel etwas um. War Frau Rosenbrück vielleicht

im Dunkeln aufgestanden und hatte den Weg nicht gefunden? Ich wartete darauf, dass die Tür aufging. Aber vergeblich. Mir war ziemlich schlecht. Ich hatte das sichere Gefühl, dass da irgendwas nicht in Ordnung war, auch wenn ich jetzt nichts mehr hörte.
Nach einer Weile verließ ich die Kammer und schlich über den Flur zu Frau Rosenbrücks Tür.

Ich bückte mich und guckte durchs Schlüsselloch.
Im nächsten Moment stieß ich vor Schreck mit dem Kopf gegen die Klinke. Im Zimmer war Brosi! Im hellen Mondlicht hockte er auf Frau Rosenbrücks Bettkante und beugte sich tief herunter. Ich durfte keine Sekunde verlieren!

Kurz entschlossen stieß ich die Tür auf. „Was machst du da, Brosi?“, fragte ich laut und erschrak vor meiner eigenen Stimme.
Brosi richtete sich auf und drehte sich um. Frau Rosenbrück lag kreidebleich auf ihrem Kopfkissen. Mit drei Schritten war ich am Bett.
Brosi fauchte mich an. So wütend hatte ich ihn noch niemals gesehen. Er zog die Nase kraus und die Lippen zurück und zeigte mir sämtliche Zähne. In diesem Moment war er nicht mehr mein Freund. Er war nur noch das, was er früher gewesen war. Ein Vampir! Ich muss zugeben, dass ich auf einmal grässliche Angst vor ihm hatte. Aber ein Blick auf meine Lehrerin machte mich stark.
„Spiel dich nicht auf!“, sagte ich. „Wie bist du überhaupt hier reingekommen?“

„Durchs Fenster natürlich“, zischte er giftig. „Was hast du denn gedacht?“ Frau Rosenbrück streckte die Hand aus und knipste die Nachttischlampe an. Sie sah völlig verwirrt aus. „Was ist los, Kinder? Warum streitet ihr euch?“

Wir guckten uns an. Brosi und ich. Ein Vampir und ein Mädchen. Bruder und Schwester.
„Geschwister streiten sich manchmal“, erklärte ich zögernd.

„Aber doch nicht mitten in der Nacht!"
Frau Rosenbrück seufzte. „Nicht am Bett ihrer Lehrerin!"
Brosi senkte den Kopf. Er sah nicht mehr wütend aus. Nur noch traurig.
„Fehlt dir was?", fragte Frau Rosenbrück.
Brosi gab keine Antwort. Natürlich fehlte ihm was! Nur konnte er darüber nicht sprechen.
„Junge", drängte Frau Rosenbrück, „was hast du denn?"
„Bloß Durst", sagte Brosi.
Frau Rosenbrück atmete auf. „Möchtest du vielleicht ein Glas Mineralwasser?"
„Oh nein!" Brosi schüttelte sich. „Wasser ist schließlich kein Blut."
Frau Rosenbrück runzelte die Stirn. „Hast du deine Vampirzeiten immer noch nicht hinter dir?"
„Nein, noch lange nicht!", sagte Brosi.

Ich nahm seine Hand und zog ihn hoch. Er machte sich ganz steif, aber ich ließ ihn nicht los. „Wir gehen jetzt schlafen“, verkündete ich.
Frau Rosenbrück war sichtlich erleichtert. „Gute Idee!“, meinte sie. „Wir sehn uns beim Frühstück.“
Ich schob Brosi hinaus. An der Tür drehte ich mich noch einmal um. Unsere Lehrerin rührte sich nicht und blickte mit großen Augen hinter uns her. Sonst konnte ich von ihrem Gesicht nichts erkennen. Sie hatte sich die Bettdecke bis über die Nase gezogen.

7.

Obwohl ich hundemüde war, verbrachte ich den Rest der Nacht nur im Halbschlaf. Ich träumte wirres Zeug und saß bei jedem Glockenschlag senkrecht im Bett. Brosi ging mir nicht aus dem Kopf.
Wir hatten uns so kühl wie noch nie voneinander verabschiedet und dann war jeder hastig in sein Zimmer gegangen.
Ich träumte dauernd von Brosi. Er kletterte auf einer Leiter zu mir herein. Er trank Blut aus einer Cola-Flasche. Er saß als Ratte auf Frau Rosenbrücks Schoß und ließ sich streicheln … Erst viel später fiel ich in einen traumlosen Schlaf. Aber schon in der Dämmerung erwachte ich wieder.
Auf meiner Bettkante saß Brosi und flüsterte: „Hanna, hilf mir!“ Zuerst dachte ich, dass ich schon wieder träumte.

Doch als Brosi nach meiner Hand griff, merkte ich, dass es Wirklichkeit war.
„Was ist?“, fragte ich. „Was hast du denn jetzt wieder angestellt?“
„Meine Tabletten!“ Seine Stimme klang dünn. „Ich wollte sie rechtzeitig nehmen. Aber sie sind mir ins Waschbecken gefallen und in den Abfluss gerollt.“
Mir fehlten die Worte.
„Glaub mir“, sagte er kleinlaut, „ich kann überhaupt nichts dafür. Ich war bloß so schrecklich müde!“
Das verstand ich. Mir ging es schließlich nicht anders. Hätte ich in diesem Augenblick Tabletten nehmen müssen, ich weiß nicht, wo sie hingerollt wären.
Ich schlug die Decke zurück.

„Komm zu mir ins Bett!“, flüsterte ich. „Und lass uns überlegen. Es wird uns schon was einfallen.“
Da lagen wir nun. Brosi und ich. Ein Mädchen und ein Vampir. Bruder und Schwester. Und zum Glück wieder Freunde!
Wir überlegten, ob ich Herrn Müller-Angstfeld um seinen Regenmantel bitten und Brosi hineinwickeln sollte. Oder ob eine Decke denselben Zweck erfüllen würde. Oder ob Brosi im Kofferraum mitfahren konnte.
Die Sonne war noch nicht aufgegangen, aber der Himmel hinter dem Fenster färbte sich hell. Als Sabrina im Bett neben mir aufwachte, zog ich Brosi schnell die Decke über den Kopf. Er kapierte. Bis ich mit den anderen aus dem Zimmer war, rührte er sich nicht.

„Wo ist Brosi?“, fragte Frau Rosenbrück beim Frühstück. Sie saß neben mir und fragte so leise, dass niemand es hörte.
„Es – es geht ihm nicht gut“, antwortete ich genauso leise.
„Erzähl schon!“, sagte sie. „Was ist mit ihm los?“ Sie sah ganz besorgt aus.
„Er darf heute auf keinen Fall in die Sonne“, erklärte ich schnell. „Er hat nämlich über Nacht so eine komische Krankheit bekommen.“
Frau Rosenbrück nickte. Sie schien nicht weiter erstaunt. „Wo ist er jetzt?“
„Er liegt oben in meinem Bett.“
„Hoffentlich unter der Decke!“
Ich brachte kein Wort heraus. Sie schien alles zu wissen. Und war trotzdem auf unserer Seite! Sie legte mir die Hand auf die Schulter und sagte: „Geh zu ihm, Hanna! Den Rest erledige ich.“

Ich zögerte und sah sie neugierig an.
Sie zwinkerte mir zu. „Ich werde ihm eine Truhe besorgen."
Ich holte tief Luft. „Klar", sagte ich, „eine Truhe mit Deckel!" Ich hätte sie am liebsten umarmt.
Frau Rosenbrück nickte. „Genauso eine habe ich hinten im Flur gesehen. Die kriegen wir sicher geliehen. Und den anderen werde ich die Sache schon irgendwie klar machen."
Da konnte ich nicht anders. Ich gab ihr schnell einen Kuss. Vielleicht dachte sie an Brosi und das, was er vorgehabt hatte, denn sie schreckte eine Sekunde zurück. Aber dann hatte sie nichts dagegen.
„Komm", sagte sie, „packen wir's an!"
Was soll ich euch noch viel erzählen? Frau Rosenbrück und ich packten es tatsächlich an. Und Brosi packten wir ein!

Er ließ es sich schnurrend wie eine Katze gefallen. Sobald die Truhe im Bus war, fuhren wir los. Wir fuhren bis vor unsere Haustür. Ich stieg aus und klingelte Sturm.

Mama kam aus der Küche, Papa kam aus der Praxis, Nina und Tina kamen aus dem Garten. Zuerst sahen sie mich, dann sahen sie die Truhe und dann wussten sie Bescheid. Nina und Tina streichelten die Truhe. Mama umarmte mich. Papa schüttelte Frau Rosenbrück die Hand. „Wie ich sehe, haben wir Ihnen eine Menge zu danken“, sagte er. „Aber einiges muss ich Ihnen dringend erklären.“

„Ein andermal“, wehrte Frau Rosenbrück ab. „Für heute ist alles in Ordnung.“ Dann stieg sie wieder in den Bus und brauste mit den anderen weiter.

„So eine Lehrerin kann man wahrhaftig mit der Lupe suchen“, meinte Mama. Ich stimmte ihr zu. Dann trugen wir die Truhe mit vereinten Kräften ins Haus. Brosi stand erst zum Abendbrot auf. Für ihn gab es Blutwurst mit Ketschup. Begeistert fiel er darüber her. Er war sehr froh, dass er wegen der weggerollten Tabletten nicht ausgeschimpft wurde. „Ich habe noch genug“, sagte Papa. „Und jetzt erzählt, was ihr alles erlebt habt!“ Das taten wir. Na ja, alles erzählten wir nicht. Was sich in Frau Rosenbrücks Zimmer abgespielt hatte, bekamen nur Nina und Tina zu hören, als wir viel später zu viert unten auf Brosis Bett hockten. „Du darfst Frau Rosenbrück nie und nie etwas tun!“, sagte Nina, als wir alles erzählt hatten. „Sie hat dir schließlich das Leben gerettet.“

„Niemals!“, bekräftigte Tina. „Das musst du uns schwören.“
„Also gut!“ Brosi nickte und hob mit Unschuldsmiene die Hand. „Ich schwöre, dass ich Frau Rosenbrück nie etwas tun werde. In alle Ewigkeit nicht!“

Das ist jetzt drei Wochen her. Brosi benimmt sich vorbildlich. Na klar, ein Schwur ist ein Schwur! Aber bald … Also in einer Woche … Na, ihr wisst schon, wenn wieder Vollmond ist … Tja, ich meine – hoffentlich kann sich Brosi an seinen Schwur dann bloß noch erinnern!

Ein Vampir auf Reisen

1.

Dies ist eine Vampirgeschichte. Und eine Feriengeschichte. Wer Vampire aufregend und Ferien wunderbar findet, wird sie bestimmt mögen. Und umgekehrt! Ich meine, wer Ferien aufregend und Vampire wunderbar findet, mag die Geschichte todsicher auch.
Es handelt sich übrigens um eine ganz und gar wahre Geschichte. Das schwöre ich euch. Ich habe sie selbst erlebt. Ehrlich – ich gebe nicht an! Ich bin dieses Jahr mit einem echten Vampir in Urlaub gefahren. Nein, nicht allein, sondern mit meiner ganzen Familie. Nach Italien, in ein Ferienhaus direkt am Meer. Es waren

die spannendsten Ferien, die ich jemals erlebt habe. Die verrücktesten auch. Und obendrein die gefährlichsten. Ahnt ihr den Grund? Na klar, der Grund war unser Vampir!

Nirgendwo ist der Vollmond so groß und so rund wie in Italien. Nirgendwo spiegelt er sich so silberglänzend im Meer. Als Brosi ihn das erste Mal sah, war er kaum noch zu halten. Und dann fielen ihm jede Nacht Sachen ein, die er schon beinahe vergessen hatte.

Richtig, Brosi ist unser Vampir! Eigentlich heißt er Ambrosius. Aber nur Papa nennt ihn noch so. Mama ruft ihn meist Bröselchen. Wir Kinder – das sind meine Schwestern Nina und Tina und ich – haben von Anfang an Brosi gesagt. Ich bin die Älteste, Hanna, neun Jahre.

Nina und Tina sind sieben. Ja, alle beide.

Weil sie Zwillinge sind. Ist doch klar. Brosi ist … Ja, da werdet ihr staunen! Brosi ist schon wahnsinnig alt. Als wir ihn letztes Jahr kennen lernten, war er tatsächlich bereits zweihundertfünfunddreißig, obwohl er nicht älter aussah als acht. Wie und wo wir ihn kennen lernten? Wenn ihr das noch nicht wisst, muss ich es euch natürlich erzählen. Also, wir fanden Brosi beim Spazierengehen im Wald. An so einem ekelhaft nasskalten Herbsttag, als es von morgens bis abends nicht richtig hell werden wollte.

Da lag Brosi schlafend unter einem triefenden Baum und wir nahmen ihn mit nach Hause, damit er sich keine Lungenentzündung holte.
Nina, Tina und ich hatten schnell raus, was mit ihm los war. Wegen der Zähne und überhaupt. Aber es störte uns nicht. Mit Brosi hatten wir keinen Augenblick Langeweile. Das wussten wir sehr zu schätzen. Er zeigte uns alles, was Vampire so können. Aber er versuchte nicht ein einziges Mal einen von uns zu beißen. Er war der ganzen Familie sehr dankbar. Und er fühlte sich schon am ersten Abend bei uns ganz wie zu Hause. Nachdem unsere Eltern Brosi durchschaut hatten, waren sie von ihm nicht ganz so begeistert wie wir. Sie machten sogar ein ziemliches Theater. Aber sie mussten einsehen, dass wir ihn

inzwischen sehr gern hatten. Und ihnen selbst tat er Leid, weil er kein Zuhause mehr hatte. Nach einigem Hin und Her durfte er also bleiben. Er wurde sogar adoptiert und heißt jetzt Bredfeld wie wir. Seit Ostern geht Brosi sogar mit uns in die Schule. In dieselbe Klasse wie ich. In die 3a zu Frau Rosenbrück. Ja klar, von morgens bis mittags. Von abends bis Mitternacht wäre ihm lieber. Aber so eine Schule gibt es ja nicht.

Natürlich haben wir uns anfangs deswegen große Sorgen gemacht. Weil das Tageslicht einem Vampir ja nicht bekommt. Von Sonnenschein ganz zu schweigen. Aber Papa hat das Problem dann gelöst. Papa ist nämlich Kinderarzt und hat in seiner Praxis ganz neuartige Tabletten erfunden. Mit denen kann Brosi jede Art Tageslicht aushalten. Jetzt geht er also mit mir in die 3a. Ach, Quatsch – eigentlich sind wir ja schon in der 4a! Nämlich dann, wenn die Ferien vorbei sind. Das dauert zum Glück allerdings noch mehr als zwei Wochen. Ich persönlich hätte die 4a übrigens fast nicht erlebt. Und den Rest der Ferien leider auch nicht. Also, das hätte mich natürlich tierisch geärgert. Ich meine, vielleicht ist der eine oder andere ganz froh, wenn er den Anfang des neuen

Schuljahrs nicht mitkriegt. Aber bestimmt verzichtet keiner gern auf die zweite Hälfte der Ferien. Vor allem, wenn die erste Hälfte so toll war. Jedenfalls bis zu dem Moment, als es mir fast an den Kragen gegangen wäre.
Bis dahin hatten wir eine Menge Spaß und herrliches Wetter, mittags Spagetti und abends Pizza und keinen Augenblick Langeweile, vom Aufstehen bis zum Schlafengehen. Und vom Schlafengehen bis zum Aufstehen meist auch nicht! Das könnt ihr euch denken.
Gefährlich wurde es erst an dem Abend, als wir Kinder mit zu diesem Konzert durften. Und in den Stunden danach! Als nämlich eine bleiche Tante mitten in der Nacht auf meiner Bettkante saß und sich über mich beugte. Als sie mich aus ihren schwarz umränderten Augen so liebevoll

ansah und dabei ihre Lippen zu einem absolut scheußlichen Lächeln verzog. Schon wenn Brosi lächelt, läuft mir jedes Mal ein kleiner Schauder über den Rücken. Das gebe ich ehrlich zu. Aber bei diesem Lächeln kriegte ich direkt Schüttelfrost. Ich konnte richtig fühlen, wie die Matratze unter mir bebte.

Natürlich wollt ihr jetzt wissen, wer die bleiche Tante auf meiner Bettkante war. Und wie sie es geschafft hatte, um diese Zeit in mein Zimmer zu kommen. Keine Angst! Ich werde euch bestimmt die ganze Geschichte erzählen. Aber schön der Reihe nach, wie sich das fürs Geschichtenerzählen gehört.
Na ja, wenn ihr es gar nicht abwarten könnt, dann verrate ich euch jetzt schon mal, wer die Tante war. Sie hieß Filomena Popobello und war eine ziemlich berühmte Sängerin, nicht nur in ihrer italienischen Heimat, sondern überall auf der Welt. Wir hatten sie mal im Fernsehen erlebt und waren ganz begeistert gewesen. Vor allem Brosi. Der hatte noch lange danach von ihr

geschwärmt. Nicht nur von ihrer tollen Stimme, sondern auch von ihrem schönen Kleid mit dem großen Ausschnitt.
Am Abend, ehe wir in Urlaub fuhren, hatte Filomena Popobello dann in unserer Stadt ein Konzert gegeben. Aber wir waren leider nicht hingegangen. Papa waren die Eintrittskarten zu teuer gewesen. Und Mama hatte gemeint, es würde sowieso viel zu spät werden.
Brosi war sehr enttäuscht gewesen.
Er hatte beim Abendbrot kaum etwas gegessen und war dann früher als sonst im Keller verschwunden.

Er schläft da unten in einem alten Bett, das wir von unserer Oma geerbt haben. Ich bin sicher, dass er auch heute noch lieber in einem Sarg schlafen würde. Aber in dieser Beziehung lassen Papa und Mama nicht mit sich reden.
Beim Gute-Nacht-Sagen hatte Brosi dann trotz aller Enttäuschung gelächelt. Das war mir gleich ziemlich seltsam vorgekommen. Aber Mama hatte gemeint, er freue sich bestimmt schon auf die lustigen Tage am Strand. Und ich hatte ihr das nur zu gern geglaubt.

In Wirklichkeit hatte sich Brosi auf etwas ganz anderes gefreut. Heute weiß ich das. Oder ich vermute es doch. Wahrscheinlich war Brosi in dieser Nacht … Also, wir haben nie darüber gesprochen. Auch in Italien nicht. Auch nicht, nachdem sich Filomena Popobello auf meine Bettkante gesetzt hatte.

Nein, Schluss! Das geht jetzt zu weit. Ich muss euch diese Wahnsinnsgeschichte wirklich der Reihe nach erzählen. Sie beginnt an dem Morgen, ehe wir losfuhren.

2.

Natürlich hatte ich nachts ziemlich schlecht geschlafen. Ihr kennt das sicher. In der Nacht, ehe man verreist, ist man schließlich fast so aufgeregt wie in der Nacht vor seinem Geburtstag. Oder vor Weihnachten. Das kommt, weil man es kaum noch abwarten kann.
Nina und Tina ging es nicht anders. Kaum war es ein bisschen hell, da kamen sie in mein Zimmer und krochen zu mir ins Bett. Ehrlich, wir gaben uns alle drei Mühe noch mal einzuschlafen.
Aber wir schafften es einfach nicht. Wir alberten herum, bis wir unsere Eltern aufstehen hörten. In der Küche spielte das Radio und Mama klapperte mit Tellern und Tassen. Bald darauf fuhr Papa das Auto aus der Garage. Wahrscheinlich

verstaute er schon mal das große Gepäck. Wir waren froh, als Mama uns endlich zum Frühstück rief. Dabei hatten wir vor lauter Aufregung gar keinen Hunger. Außerdem gab es bloß Reste. Wir mussten alles aufessen, was noch im Kühlschrank war. Und das waren genau die Sachen, die wir nicht mochten. Nur Mama und Papa waren schon angezogen. Nina, Tina und ich saßen im Nachthemd am Tisch. Duschen sollten wir später.

„Bröselchen schläft noch", sagte Mama. „Eine von euch muss ihn wecken!"

Da flitzte ich gleich in den Keller. Ich war froh, dass ich meinem gammeligen Bananenmüsli auf diese Weise entkam. Brosi lag tatsächlich noch in seinem alten Oma-Bett und schniefte sanft vor sich hin. Ich dachte, dass er sehr glücklich aussah. Irgendwie satt und zufrieden.

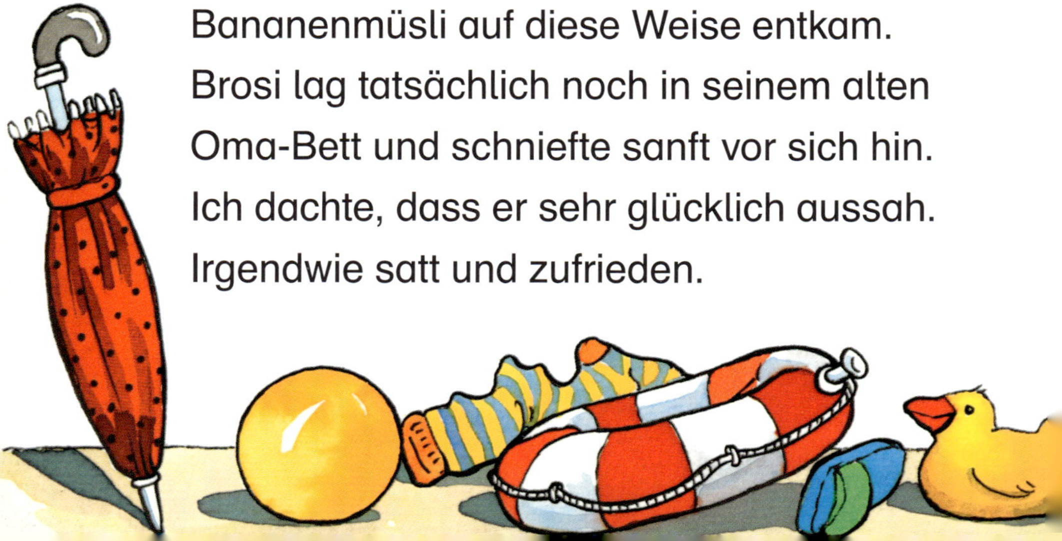

Aber eigentlich wollte ich so einen Gedanken gar nicht denken. Also redete ich mir ein, dass Brosi gerade von Italien träumte und deshalb dieses zufriedene Lächeln in seinem Gesicht hatte.
Ihr wisst ja, wie es mir geht, wenn Brosi lächelt. Als ich an diesem Morgen unten im Keller an seinem Bett stand, sah ich nicht mehr als die Spitzen seiner schneeweißen Zähne. Sie hatten sich in die Unterlippe gebohrt und diese Unterlippe sah etwas feucht aus. Außerdem ziemlich rot. Jedenfalls feuchter und röter als sonst. Aber vielleicht bildete ich mir das ja auch nur ein.
Ich beugte mich über Brosi und fand, dass seine Wangen ebenfalls längst nicht so blass waren wie am Abend zuvor. Mama wäre vermutlich ganz glücklich gewesen.

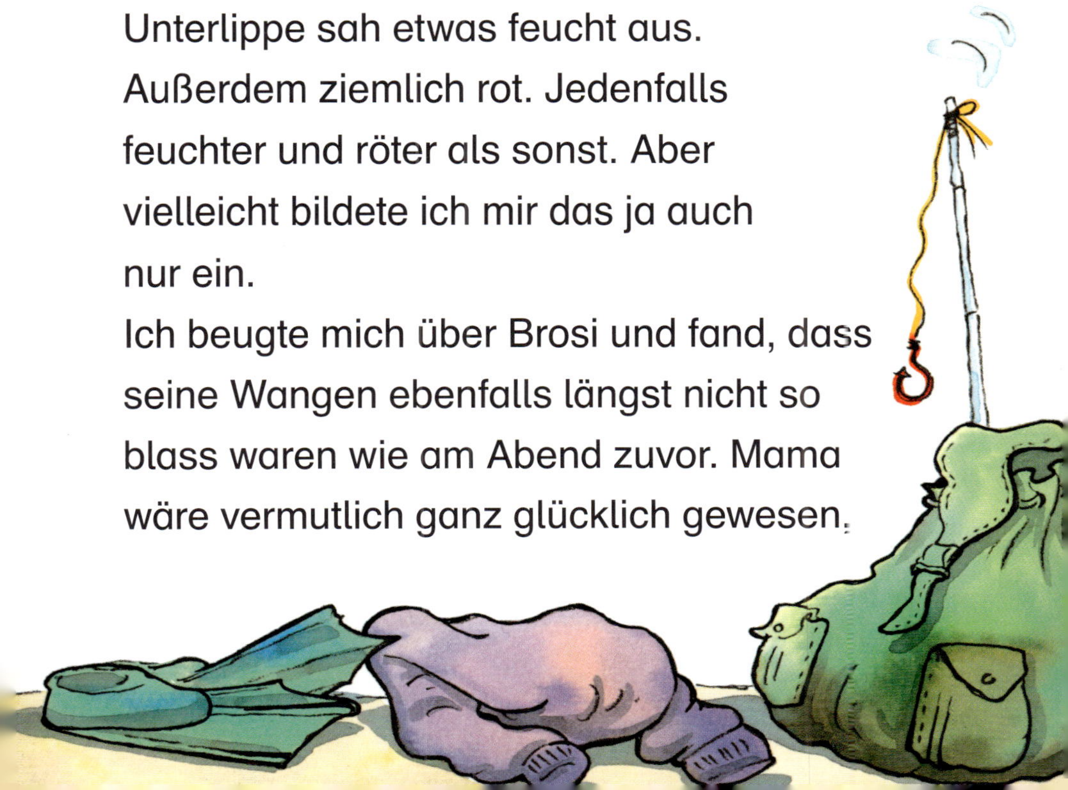

ihr Bröselchen so zufrieden und rosig in seinen Kissen zu sehen.
Aber ich?
Ehrlich gesagt wollte ich mir auch darüber lieber keine weiteren Gedanken machen! Ich wollte nur noch ins Auto steigen und nach Italien fahren! Ich wollte Sonne und Strand, Spaß und Spagetti! Ich wollte mit meiner ganzen Familie reisen. Und nichts, aber auch wirklich gar nichts sollte uns aufhalten.
Ich atmete einmal tief durch und zog Brosi die Bettdecke weg. Er schniefte ruhig weiter. Darauf rüttelte ich ihn an den Schultern. Auch das weckte ihn nicht auf. Erst als ich ihm die Nase zuhielt, öffnete er mit einem Seufzer den Mund und gleich darauf auch die Augen. Sein Blick kam wie aus einer anderen Welt.
Sekundenlang schien er gar nicht zu

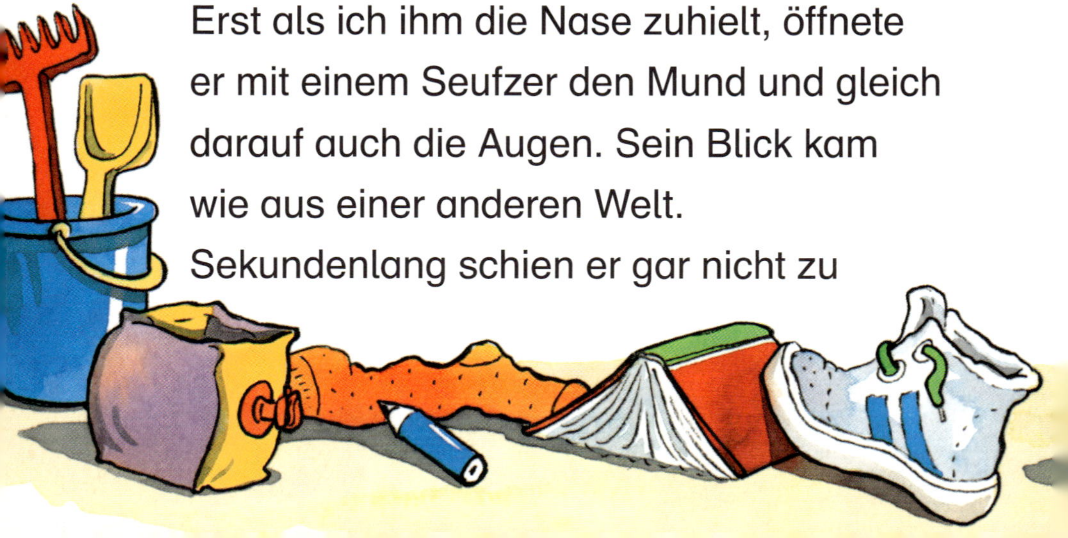

wissen, wo er überhaupt war. Und mich guckte er an, als hätte er mich noch nie gesehen.
„He, Schlafmütze!“, sagte ich ärgerlich. „Steh endlich auf! Wir wollen gleich los. Nach Italien. Ferien machen. Weißt du nicht mehr?“
„Ah, Hanna“, murmelte Brosi, „schön, dass du da bist! – Klar, nach Italien. In unser Ferienhaus.“
„Wenn du hin willst, beeil dich!“, sagte ich. „Alle warten schon mit dem Frühstück.“
Brosi verzog angeekelt den Mund. „Jetzt bloß kein Frühstück!“, knurrte er und zog sich die Decke über den Kopf.
„Komm schon!“, sagte ich. „Irgendwas musst du essen. Mama besteht darauf. Es gibt allerdings bloß Müsli und eine matschige Banane.“
Unter der Bettdecke stöhnte es dumpf.

Dann tauchte an der einen Seite Brosis Gesicht auf. „Ich bin satt“, behauptete er. „Ehrlich. Satt bis an die Ohren!“ Es war merkwürdig, aber er sah wirklich so aus. Ich nahm seine Hand und zog ihn mit einem Ruck aus dem Bett. „Das kannst du Mama und Papa erzählen. Jedenfalls stehst du jetzt auf.“

Brosi knurrte wieder, aber er leistete keinen Widerstand, als ich ihn hinter mir her die Treppe hinauf und in die Küche zerrte.

„Da kommt ja auch der junge Herr Ambrosius“, sagte Papa. „Ich dachte schon, wir müssten ohne ihn nach Italien reisen.“

Das sollte ein Scherz sein, aber Brosi schüttelte mit ernster Miene den Kopf und sagte, dass er unbedingt mit wollte. Mama hatte ihm natürlich ein Butterbrot und den

letzten Zipfel Blutwurst auf seinen Teller gelegt. Das mag er eigentlich gern. Doch diesmal kaute er lange und lustlos darauf herum. Ich löffelte mit Todesverachtung mein Müsli. Die anderen waren schon

fertig und guckten uns zu. Wir wussten beide, dass wir nicht aufstehen durften, ehe wir alles verputzt hatten. Also brachten wir es irgendwie hinter uns. Abgesehen von unserem Kauen und Schlucken war es ziemlich still in der Küche. Nur das Radio spielte. Zuerst kam Musik und dann kamen Nachrichten. Nachrichten aus unserer Stadt. Ich hörte nur mit einem Ohr zu, weil wir ja doch bald in Italien sein würden. Aber dann sagte der Sprecher etwas, was mich aufhorchen ließ. Ich habe es noch heute im Kopf und werde es wohl niemals vergessen.
Mit seiner trockenen Nachrichtenstimme sagte der Sprecher: „Die italienische Sängerin Filomena Popobello, die gestern in der ausverkauften Stadthalle vor begeistertem Publikum ein mehr als

zweistündiges Konzert gab, wurde in den frühen Morgenstunden von ihrem Hotel aus mit dem Rettungswagen ins Krankenhaus gebracht. Über die Ursache ist nichts bekannt. Die Ärzte hüllen sich bis jetzt in Schweigen. Aus Kreisen des Klinikpersonals war jedoch zu erfahren, dass sich der Zustand der Sängerin auch nach mehreren Blutübertragungen nicht wesentlich gebessert hat."

Brosi hustete. Er hatte anscheinend das letzte Stück Blutwurst in die falsche Kehle gekriegt. Auch ich war dabei mich zu verschlucken. Jedenfalls steckte mir etwas im Hals, das ich nicht runterkriegte. Ich glaubte nicht, dass es Müsli war.

„Was sagt ihr dazu?", fragte Mama.

„Die arme Filomena Popobello! Mehrere Blutübertragungen hat sie bekommen. Warum wohl?"

„Hört sich nach starkem Blutverlust an", meinte Papa. „Vermutlich hat sie einen Unfall gehabt."

Mama schüttelte den Kopf. „In den frühen Morgenstunden? In ihrem Hotel?"

„Vielleicht ist sie aus dem Fenster gefallen", sagte Brosi. „Man hört immer wieder, dass die Leute in ihren Hotels reihenweise aus dem Fenster fallen."

Nina und Tina lachten. Sie versuchten es jedenfalls.

„Schscht!", machte Mama und deutete mit dem Kopf auf das Radio.

„Alle weiteren Konzerte mussten abgesagt werden“, erklärte der Nachrichtensprecher. „Die Agentin der Sängerin gab bekannt, dass Filomena Popobello nach Italien zurückkehren wird, sobald ihr Befinden es erlaubt.“

Brosi schob seinen leeren Teller zurück. „Nach Italien“, wiederholte er nachdenklich. „Sie fährt nach Italien.“

„Klar“, sagte Papa. „Dort ist sie schließlich zu Hause!“

Brosi lächelte. „Wir fahren auch nach Italien.“

„Ja." Papa nickte. „Und wenn ihr auf mich hört, fahren wir bald. Wer von euch geht zuerst unter die Dusche?"
Brosi fuhr mit seinen Fingernägeln in Schlangenlinien über die Tischdecke. Es machte ein kratzendes Geräusch.
„Vielleicht treffen wir sie da", sagte er, mehr zu sich selbst.
„Filomena Popobello?", fragte Mama.
Brosi nickte.
Mama zuckte die Achseln. „Ach, weißt du, Italien ist groß."
„Ein Glück!", sagte ich und schluckte endlich den letzten Rest Müsli herunter. Dabei sah ich Brosi fest und ernst in die Augen. Er senkte den Blick. Wir hatten uns ohne Worte verstanden.

3.

Zwei Stunden später waren wir unterwegs. Papa saß am Steuer. Mama saß neben ihm. Wir Kinder saßen hinten. Das heißt – Brosi lag. Er war anscheinend immer noch müde. Vielleicht auch schon wieder.
Er schlief nicht richtig, aber er gähnte dauernd und konnte die Augen kaum offen halten.
„Bröselchen“, sagte Mama mit einem besorgten Blick nach hinten, „was hast du bloß angestellt heute Nacht?“
„Ähem“, machte Papa, „ich finde, das sollte der Junge lieber für sich behalten. Ich habe nämlich sehr gute Laune – Ferienlaune. Und die möchte ich mir auf gar keinen Fall verderben lassen.“
Ich fand, dass Papa Recht hatte. Mir ging es schließlich nicht anders. Anfangs hatte

ich noch ein paarmal daran gedacht, dass Filomena Popobello jetzt bleich und schwach in ihrem Krankenhausbett lag. Doch je weiter unser Haus, unsere Straße und unsere Stadt zurückblieben, umso freier wurde mein Kopf, umso leichter wurde mein Herz. Die Familie Bredfeld saß in ihrem großen, bequemen Auto und freute sich auf Italien. Und sie sprach das auch aus.

„Ich freue mich auf das Meer“, sagte ich.
„Ich freue mich auf den Sand“, sagte Nina.
„Ich freue mich auf das Eis“, sagte Tina.
„Ich freue mich auf die Luftmatratze“, sagte Papa.
„Ich freue mich auf die Sonne“, sagte Mama.
„Und ich freue mich auf den Mond“, murmelte Brosi. Sein Gemurmel war wirklich sehr leise.

Aber wir verstanden es trotzdem. Gleich darauf begann Papa mit kräftiger Stimme zu singen:

„Wir fahren in die Welt hinaus,
die Sorgen lassen wir zu Haus.
Der blaue Tag ist unser Freund,
wir freun uns, dass die Sonne scheint.
Das Reisen macht uns frohen Mut,
schenkt klaren Blick und frisches Blut."

Alle sangen mit. Nur Brosi schwieg. Allerdings hörte er aufmerksam zu. Als wir fertig waren, sagte er: „Stimmt das, was ihr da gesungen habt? Ich meine das mit dem Reisen."

„Na klar!", antwortete Papa und sang den Schluss gleich noch mal:

„Das Reisen macht uns frohen Mut,
schenkt klaren Blick und frisches Blut."

Brosi richtete sich auf. Plötzlich war er ganz munter. „Dieses Reisen gefällt mir!",

sagte er strahlend. „Wann kommt denn das frische Blut?"
Nina, Tina und ich mussten lachen. Papa lachte mit. Das sah ich sogar von hinten. Aber ich sah auch, dass er ganz froh war, als Mama nun eine Runde Kaugummi spendierte.
Brosi spuckte seinen allerdings gleich wieder aus: „Pfui Teufel, immer bloß Pfefferminz!", knurrte er. „Kann denn nicht mal jemand was anderes erfinden?"
Danach schlief er endgültig ein. Nina, Tina und ich machten es ihm nach – weil wir jetzt auf der Autobahn waren und weil wir es da ziemlich langweilig fanden und weil wir sowieso in der Nacht viel zu wenig geschlafen hatten.
Mittags beim Picknick schliefen dann Mama und Papa. Wir Kinder rannten überall rum, zuerst am Bach entlang und

dann bis in den Wald. Und weil wir uns da ein bisschen verliefen, mussten Papa und Mama uns suchen und wir konnten erst viel zu spät weiterfahren.
Abends kamen wir dann in die Schweiz. Das heißt – eigentlich war es schon beinahe Nacht. Am sternklaren Himmel stand ein sehr dünner Sichelmond. Doch der gab so gut wie kein Licht. Wir konnten von der Schweiz nicht mehr allzu viel sehen und besonders Mama fand das sehr schade. Sie hatte sich nämlich so auf die hohen Berge gefreut.
Papa war wahnsinnig müde und hielt

Ausschau nach einem Hotel, wo wir übernachten konnten. Leider fanden wir keins. Die Gegend wurde immer dunkler und einsamer, die Straße immer steiler und enger. Es gab keine Leute und keine Laternen. Und Papa sagte, das käme alles nur daher, dass wir nach dem Picknick viel zu spät losgefahren wären. Endlich waren wir ganz oben auf einem Berg und Papa hielt an. Er knurrte, dass er keinesfalls auf der anderen Seite wieder runterfahren würde und dass wir jetzt eben im Auto übernachten müssten. Wir waren alle ganz still. Nur Brosi sagte: „Ich sehe was, was du nicht siehst."
„Dieses blöde Spiel hat mir gerade noch gefehlt", knurrte Papa.
Brosi kicherte. „Es ist kein Spiel! Ich sehe wirklich was, was du nicht siehst. Ein Hotel nämlich."

„Und wo?“, fragte Papa.
„Guck mal nach rechts!“, sagte Brosi.
Wir taten es alle. Tatsächlich stand rechts in einiger Entfernung ein düsteres zweistöckiges Haus mit flachem Dach und zwei erleuchteten Fenstern.
Mama kurbelte ihre Scheibe herunter.
„Wer weiß, wer da wohnt“, sagte sie zweifelnd. „Wie ein Hotel sieht es eigentlich nicht aus.“
„Steht aber dran“, behauptete Brosi. „Über der Tür. Ich kann’s problemlos lesen. Meine Augen sind schließlich genauso scharf wie meine Zähne.“
„Na dann – nichts wie hin!“ Plötzlich war Papas gute Ferienlaune wieder da.

„Ambrosius, mein Junge, du bist wirklich ein Glücksfall von einem Vampir!“
Was soll ich euch viel erzählen – wir bekamen tatsächlich zwei Zimmer, eins für Mama und Papa, eins für uns Kinder. Die Zimmer waren nicht besonders schön und sie rochen auch etwas muffig.
Aber Papa sagte, wir sollten ganz einfach die Fenster aufmachen und die gute Schweizer Bergluft hereinlassen.
Ehe wir uns schlafen legten, gingen wir aber noch in die Gaststube und bestellten etwas zu essen. Es gab Käsesuppe und Käsebrot und Käsekartoffeln und Käsekuchen. Und es schmeckte wirklich sehr gut.

Nur Brosi rümpfte die Nase. „Alles Käse!“, sagte er ziemlich sauer. Das stimmte zwar, aber so ist das nun mal in der Schweiz.

In der Gaststube war es eng und gemütlich. Unter der Decke hing ein Kronleuchter mit echten Kerzen. Der Wirt war alt und dick, die Kellnerin jung und dünn. Aber beide waren sehr nett.

Am Nebentisch saßen noch drei andere Reisende, wahrscheinlich Vater, Mutter und Sohn. Sie hatten schon da gesessen, als wir hereingekommen waren, und sie hatten uns aufmerksam entgegengeguckt. Ich fand, dass sie sonderbar aussahen. Vielleicht wegen ihrer altmodischen Kleider. Mir war so, als hätte ich sie schon mal im Kino gesehen. Oder im Fernsehen. Aber ich wusste nicht mehr in welchem Film.

Weil die Tische so dicht nebeneinander standen, versuchte Papa es mit einem Gespräch. Doch die Antworten fielen sehr einsilbig aus. Und ich war sowieso viel zu müde um richtig zuzuhören. Ich kriegte nur mit, dass die drei nach Rumänien wollten. In die Karpaten. Und dass sie über Nacht im Hotel blieben. Wie wir.

Brosi schob bald seinen Teller zurück und zog um an den Nebentisch. Darüber war ich ziemlich erstaunt. Es hatte ihn nämlich niemand dazu aufgefordert und ich fand auch nicht, dass die Leute sehr einladend

aussahen. Der, den ich für den Sohn hielt und der fast schon ein junger Mann war, lächelte allerdings, als sich Brosi neben ihn setzte. Und wieder kam er mir seltsam bekannt vor.
Dieses Gefühl ging allerdings schnell vorbei. Ich gähnte und sah, dass Nina und Tina schon schliefen. Am liebsten hätte ich meinen Kopf auch auf die Tischplatte gelegt. Aber ich mampfte brav meinen Käsekuchen und döste so vor mich hin. Brosi schien es am Nebentisch gut zu

gefallen. Wahrscheinlich, weil dort nicht gegessen, sondern nur getrunken wurde. Brosi bekam auch ein Glas Saft.
Danach steckten er und der große Junge die Köpfe zusammen. Sie hatten sich seltsamerweise viel zu erzählen.
Sie redeten und lachten und machten kaum eine Pause. Aber verstehen konnte ich nichts. Ihre Stimmen waren nur ein sanftes Gemurmel, das mich noch müder machte. Irgendwann stiegen wir dann in unsere Zimmer hinauf. Mama trug Nina und Papa trug Tina. Ich taumelte hinterher. Nur Brosi erhob lauten Protest. Er wollte unbedingt noch in der Gaststube bleiben und sich mit seinem neuen Freund unterhalten. Natürlich durfte er nicht.
Papa pfiff kurz durch die Zähne und deutete mit dem Kopf die Treppe hinauf.
Da schlich Brosi an ihm vorbei.

Er war blass vor Wut, aber er sagte keinen einzigen Ton. Wenn Papa durch die Zähne pfeift, ist wirklich nichts mehr zu machen.
Ich habe keine Ahnung, wie wir ins Bett kamen. Jedenfalls hatten wir Etagenbetten. Nina und Tina schliefen unten. Brosi und ich schliefen oben. Ich kroch sofort unter die Decke und sagte nicht mal mehr Gute Nacht. Ich fiel gleich in den Schlaf wie in ein tiefes Loch.
Wie lange ich mich in diesem Loch aufgehalten habe, kann ich nicht sagen. Ich erinnere mich nur, dass ich plötzlich aufrecht im Bett saß und nicht wusste, was mich geweckt hatte. Es war vollkommen still, drinnen und draußen. Das Fenster stand ein bisschen offen und die dünne Mondsichel schaute freundlich ins Zimmer. Die Luft, die hereinkam, war

kühl und frisch und genauso wunderbar, wie Papa gesagt hatte.

Ich zog die Decke eng um mich herum und blieb bewegungslos sitzen. Ich fühlte mich super. Jedenfalls so lange, bis draußen ein dunkler Schatten am Fenster vorbeiflog. Dann noch einer. Und noch einer. Und schließlich ein vierter und letzter. Eine Sekunde lang dachte ich, dass die Schatten vielleicht hereinkommen würden. Aber das taten sie nicht. Nur die von einem Luftzug bewegten weißen Gardinen wehten wie Geisterarme ins Zimmer. Als sie wieder gerade herunterhingen, kletterte ich aus dem Bett und schlich ans Fenster. Ich sah nichts Besonderes, nur unten die dunkle Erde und oben den sternklaren Himmel.

Gerade wollte ich aufatmen, da entdeckte ich sie über den Tannenspitzen.

Vier geflügelte schwarze Gestalten – zwei große, eine mittlere und eine kleine! Vier Flattertiere, von der windstillen Nachtluft getragen! Vier Fledermäuse, mit unbekanntem Ziel unterwegs!

Ich stand da und sah ihnen nach. Mehr konnte ich schließlich nicht tun. Als sie verschwunden waren, kletterte ich zurück in mein Bett. Und dann kletterte ich gleich wieder raus. Ich holte die Taschenlampe aus meinem Rucksack und leuchtete in das Bett nebenan. Eine Überraschung erlebte ich nicht. Natürlich war Brosi nicht drin.

4.

Am nächsten Morgen kriegten wir Brosi auch mit vereinten Kräften nicht wach. Schließlich gingen wir ohne ihn in die Gaststube und bestellten das Frühstück. Es gab wieder ziemlich viel Käse, aber auch Eier und Honig und Marmelade. Übrigens waren wir die einzigen Gäste. Der Nebentisch blieb diesmal leer. Als wir fertig waren, hatte sich Brosi immer noch nicht gerührt. Mama zog ihm die Decke weg und Papa pfiff durch die Zähne. Nina, Tina und ich machten so viel Krach, wie wir konnten. Aber alles weckte Brosi nicht auf.

„Hoffentlich fehlt ihm nichts!“, sagte Mama. Doch dann gab sie zu, dass Brosi so frisch und rosig aussah wie selten. Und es tat ihr fast Leid, dass wir die

gesunde Schweizer Bergluft schon wieder verlassen mussten.
Mir tat es weniger Leid. Ich drängte zum Aufbruch. Papa nickte und schleppte den schlafenden Brosi ins Auto. Vorher gab er ihm allerdings noch seine Tabletten. Papa kann so was, sogar wenn einer schläft. Bald darauf fuhren wir los.
Während des zweiten Teils unserer Reise passierte nicht viel. Das lag einerseits daran, dass Brosi schlief. Andererseits daran, dass wir so gut wie keine Pause machten. Wir fuhren und fuhren. Mittags wurde es ziemlich heiß und nachmittags hatten wir keine Lust mehr. Aber da waren wir dann zum Glück in Italien. Von der Grenze an spielten wir: „Wer sieht als Erster das Meer?“ Und Papa hatte gesagt, er würde dem Sieger ein Eis spendieren. Ich sah das Meer eindeutig zuerst.

Aber Papa kaufte dann an einer Raststätte für alle ein Eis. Auch für Brosi, obwohl der das Meer bestimmt als Allerletzter gesehen hatte. Außerdem mag er Eis gar nicht gern. Mit Ausnahme von Blutorange. Und das hatten sie nicht an der Raststätte.
Ich fand es ein bisschen gemein, dass Papa für alle ein Eis kaufte. Aber andererseits hatte ich auch nichts dagegen. Überhaupt war ich froh, dass wir Brosi damit endlich wach kriegten.
Bis wir zu unserem Ferienhaus kamen, dauerte es leider immer noch lange.
Wir kannten das Haus nur vom Foto.
Und unterwegs sagte Mama: „Wenn es uns nicht gefällt, fahren wir sofort wieder heim."
Aber das hatte sie wohl nicht so gemeint und zum Glück gefiel uns das Haus dann

sehr gut. Es lag direkt am Meer, nur durch ein bisschen Sandstrand davon getrennt. Es hatte draußen eine große Terrasse und drinnen mehr Zimmer, als wir eigentlich brauchten. Ich durfte ganz oben unter dem Dach schlafen und hatte den schönsten Blick.
Brosi trug seine Sachen natürlich sofort in den Keller. Papa schüttelte den Kopf und Mama seufzte. Aber sie ließen ihn machen.
Als Brosi wieder nach oben kam, war er dann sehr zufrieden. Er sagte, er hätte ein gemütliches Plätzchen gefunden und gleich neben seinem Bett wäre ein Nest mit fünf niedlichen Ratten. Wir sollten sie unbedingt angucken kommen. Aber wir wollten nicht. Wir wollten lieber so schnell wie möglich ins Wasser.

5.

Ferien am Meer sind wirklich super! Vielleicht habt ihr ja auch schon mal welche erlebt. Bei uns in Italien schien immer die Sonne. Wir waren den ganzen Tag draußen und manchmal auch noch in der Nacht. Das Meer war wunderbar warm und der Sand war wunderbar weich. Mama und Papa hatten immer gute Laune und wir Kinder zankten uns kein einziges Mal. Das kam daher, dass es uns allen so gut ging. Einer ließ den anderen machen, was er wollte. Und das klappte viel besser als zu Hause.
Mama kochte uns lauter tolle Gerichte und zwischendurch gingen wir essen.

Sogar Brosi fand meist etwas, was ihm schmeckte. Er hatte auf dem Markt tatsächlich einen Stand mit Blutwurst entdeckt. Spagetti und Tomatensoße mochte er schon allein wegen der Farbe. Und in unserem Lieblingslokal bekam er das Fleisch auf seinen ausdrücklichen Wunsch von Anfang an ziemlich blutig serviert. Nur vor Knoblauch nahm er sich höllisch in Acht.

Da passte er auf wie ein … na, eben wie ein Vampir!

Was Brosi bei Nacht tat, kann ich euch wirklich nicht sagen. Wir hatten einfach keine Lust uns darum zu kümmern.

Papa meinte: „In den Ferien soll jeder von uns seinen Spaß haben. Von mir aus kann sich der Junge nachts ruhig in eine Fledermaus verwandeln!“ Woran Vampire sonst noch ihren Spaß haben, schien Papa vergessen zu haben. Und Mama erst recht.
So gingen zwei Wochen vorbei. Als die dritte anbrach, waren wir alle ein bisschen traurig, weil wir nun bald wieder nach Hause mussten. Aber Papa wollte nicht, dass wir traurig waren. Deshalb hatte er am nächsten Tag eine Überraschung für uns: fünf Eintrittskarten für ein Konzert. Wir Kinder waren ganz aus dem Häuschen. Das Konzert fand draußen statt! In einem Schlossgarten! Es sollte spät am Abend beginnen und etwa bis Mitternacht dauern! Das war natürlich das Beste. Nina, Tina und ich fielen Papa

um den Hals. Brosi studierte die Karten. Eine nach der anderen. Obwohl natürlich auf allen dasselbe stand. Dann legte er sie der Reihe nach auf den Tisch.

„Oooh!“, sagte er und das hörte sich an wie ein Seufzer. „Ich glaube, es ist ein Konzert mit Gesang.“ Papa nickte und lachte. „Cello, Klavier und Gesang! Hast du gesehen, wer singt?“ „Ja“, sagte Brosi, „Filomena Popobello.“ Mir lief es eiskalt über den Rücken. „Wie schön!“, rief Mama. „Dann geht es ihr wieder gut.“

„Klar“, sagt Papa, „sonst könnte sie schließlich nicht singen.“
Er blickte so fröhlich von einem zum anderen, dass ich mich entschloss genauso fröhlich zu sein. Warum auch nicht? Filomena Popobello war wieder gesund. Sie hatte sich schnell erholt. Wir würden sie morgen singen hören. Und alles, was hinter uns lag, war vielleicht nur ein dummer Verdacht. Der Rest des Tages verging sorglos und voller Vorfreude auf den nächsten.
Wie immer schlief ich schnell ein. Doch ich schlief diesmal leider nicht durch. Ich erwachte von einem Geräusch. Es hörte sich an wie Gesang.
Zuerst dachte ich, ich hätte von Filomena Popobello geträumt. Aber dann merkte ich, dass der Gesang Wirklichkeit war und dass da keine Frau sang, sondern ein Kind.

Nämlich Brosi in seinem Keller!
Ich legte mich schnell auf die andere Seite. Aber es gelang mir nicht wieder einzuschlafen. Das Lied machte mich neugierig, obwohl ich den Text nicht verstehen konnte. Nach einer Weile stand ich auf, nahm meine Taschenlampe und schlich die Treppe hinunter. Im Keller war es stockdunkel. Die Tür, hinter der Brosi schlief, war allerdings nur angelehnt. Und durch den Spalt fiel ein flackernder Lichtschein.
Ehrlich, ich wollte nicht lauschen! Aber ich wollte Brosi auch nicht stören. Einen Augenblick zögerte ich. Dann knipste ich die Taschenlampe aus und spähte vorsichtig um die Ecke.
Brosi saß im Schein mehrerer Kerzen auf seiner Matratze. Fünf kleine Ratten turnten auf ihm herum und kitzelten ihn

mit ihren Schwänzen. Doch das machte ihm anscheinend nichts aus. Er lehnte den Kopf an die Wand, blickte zur Decke und sang. Was – das werde ich nie mehr vergessen. Mein ganzes Leben lang nicht!
Brosi sang dieses Lied:

„Filomena Popobello
singt heut Nacht ein Lied zum Cello,
singt ein Lied auch zum Klavier.
Dabei ist sie längst Vampir.
Als sie lag in ihren Kissen,
hab ich zärtlich sie gebissen.
Sie verlor zwei Liter Blut,
doch jetzt geht's ihr wieder gut.
Meine Freundin Filomenchen
hat zwei nadelspitze Zähnchen.
Alle zwei entzücken mich.
Jetzt ist sie Vampir wie ich."

Brosi schwieg und streichelte die Ratten, die sich inzwischen alle in seinem Schoß versammelt hatten. Er lächelte und sah sehr zufrieden aus. Er sang nicht mehr, er summte nur noch.
Ich stand da und rührte mich nicht. Dabei lief mir ein Schauder nach dem anderen über den Rücken. Damit meine Zähne nicht klapperten, biss ich sie fest aufeinander. Ich wollte nicht, dass Brosi mich hörte. Ich wollte nicht mit ihm reden. Er war mein Freund und mein Bruder. Aber in diesem Augenblick war er mir fremd.
Nach einer Weile drehte ich mich um und tappte im Dunkeln leise in mein Zimmer zurück.

6.

Vielleicht glaubt ihr jetzt, dass mir der Appetit auf das Konzert gründlich vergangen war. Für den Rest der Nacht glaubte ich es tatsächlich selbst. Aber morgens merkte ich dann, dass ich immer noch hin wollte. Ich freute mich zwar nicht so wie vorher, aber dafür war ich wahnsinnig neugierig. Echt so gespannt wie ein Flitzebogen!
Mama und Papa erzählte ich nichts von allem. Wer weiß, was sie vor lauter Schreck gemacht hätten! Vielleicht hätten sie unsere schönen Ferien einfach beendet. Und ganz bestimmt wären sie mit uns nicht zu dem Konzert gegangen. Ich behielt die Sache also den ganzen Morgen für mich. Erst mittags sprach ich mit Nina und Tina. Wir paddelten gerade

auf der Luftmatratze im Meer. Brosi lag mit einem Gruselbuch irgendwo im Schatten hinter dem Haus. Papa machte einen Strandspaziergang und Mama war in der Küche.
„Heute Abend …“, fing ich an. „Also, bei diesem Konzert … Ich meine, wenn Filomena Popobello singt …“ Danach hörte ich gleich wieder auf.
„Na?“, fragten Nina und Tina gleichzeitig und ich fühlte, wie sie mich anguckten. Ich stieß einen Seufzer aus. „Hoffentlich geht bloß alles gut!“
Sie guckten mich immer noch an.
„Filomena Popobello“, sagte ich, „ist nicht mehr das, was sie früher mal war.“
„Kann sie vielleicht nicht mehr singen?“, fragte Nina.
„Hat sie etwa ihre Stimme verloren?“, fragte Tina.

Ich zuckte die Achseln. „Keine Ahnung! Aber sie ist jetzt …“

Nina und Tina lachten. Dann ergänzten sie: „… auch ein Vampir!“

Ich muss sagen, ich war ziemlich erstaunt.

„Was?“, rief ich. „Das wisst ihr schon?“

„Klar!“, sagte Nina.

„Und ob!“, sagte Tina. „Das hat uns Brosi schon letzte Woche erzählt.“

„Hat er Filomena Popobello getroffen?", fragte ich. „Hat er sich noch mal … Warum habt ihr denn nicht mit mir darüber geredet?"
„Brosi wollte es nicht", sagte Nina. „Er dachte, es würde dich aufregen."
„Das dachten wir auch", sagte Tina. „Und wir wussten nicht, was du dann machen würdest."
Sie taten wahrhaftig, als wäre ich schon so alt wie Mama und Papa! Ich war deswegen echt sauer. Also schubste ich sie einfach ins Wasser. Als sie wieder auftauchten, bettelten sie: „Sei nicht mehr

böse, liebe Hanna!“ Und obendrein versprachen sie mir tatsächlich ein Eis. Ich ließ sie noch ein bisschen zappeln, aber dann sagte ich, wir könnten uns wieder vertragen. Anschließend gingen wir zu Brosi und erzählten ihm, dass ich Bescheid wusste. Ich war froh, als nichts mehr zwischen uns stand.
Ich weiß, ihr seid jetzt sehr gespannt auf das Konzert. Also, das waren wir auch! Aber wir mussten noch den ganzen langen Nachmittag warten. Für euch überspringe ich ihn. Ich erzähle euch jetzt, wie wir aufbrachen, wie wir am Meer

entlang- und dann eine ansteigende Straße hinauffuhren, wie wir den Schlossgarten erreichten und schließlich mit einem Strom anderer Leute hineingingen.

Es war ein herrlicher Abend. Die warme Luft bewegte sich kaum. Der Himmel war noch nicht ganz dunkel, aber der Mond stand schon groß und vollkommen rund über den Hügeln.

In dem Garten war eine Bombenstimmung. Man musste nicht still sein wie in einem Konzertsaal. Man durfte reden und lachen und sogar rumlaufen. Und am Rand gab es Buden, in denen man allerhand kaufen konnte. Saft und Wein, Eis und ein paar Sachen zum Essen. Vorn war eine kleine Bühne. Darauf stand das Klavier. Und am Klavier lehnte das Cello.

Als wir uns setzen wollten, merkten wir,

dass wir fünf Karten in der neunten Reihe hatten und eine in der ersten. Papa wusste auch nicht, wie das passiert war. Brosi wollte unbedingt in die erste Reihe. Aber er durfte nicht. Mama und Papa wollten ihn lieber in Reichweite haben. Deshalb schickten sie mich nach vorn. Ich hatte nichts dagegen. Mein Platz war nämlich super. Genau in der Mitte!
Um mich herum saßen lauter Italiener. Die konnte ich zwar nicht verstehen, aber sie waren alle sehr nett und sehr lustig. Die Frau links neben mir schenkte mir gleich zwei Schokokekse.
Weil ich mit keinem reden konnte, summte ich so vor mich hin. Bis ich merkte, was ich da summte! Es war die Melodie von Brosis Lied: Filomena Popobello singt heut Nacht ein Lied zum Cello. Ich hörte auf zu summen und drehte mich um.

Acht Reihen hinter mir saß Brosi und rührte sich nicht. Alle um ihn herum lachten und schwatzten. Nur er blickte still in den höher steigenden Vollmond.
Ich guckte wieder nach vorn. Denn jetzt kam sie! Filomena Popobello, begleitet von zwei Herren im Frack, einem alten und einem jungen. Aber irgendwie sah man nur sie. Sie trug ein langes, dunkelrotes Samtkleid, in der Mitte ganz eng und oben weit ausgeschnitten. Im Haar hatte sie einen silbernen Reifen und um den Hals ein helles Seidentuch. Sie war wunderschön und totenblass. In dem weißen Gesicht schimmerten ihre Augen wie Kohlen. Und ihre Lippen glühten wie Klatschmohn. Schon zur Begrüßung bekam sie viel Beifall. Ohne zu lächeln machte sie eine kleine Verbeugung.

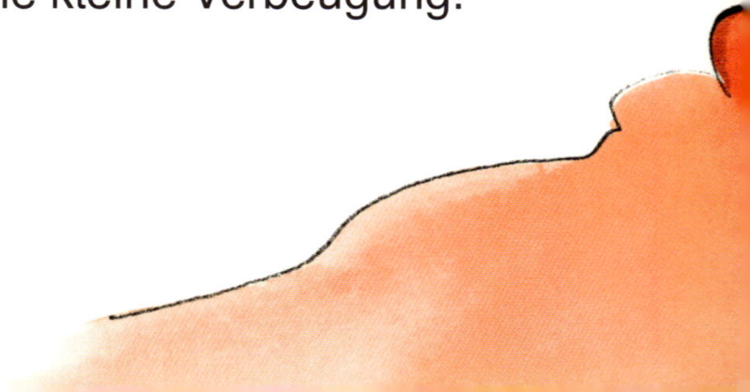

Sie wartete, bis sich ihre Begleiter gesetzt hatten. Dann hob sie den Kopf und nickte ihnen zu. Gleich darauf begann sie zu singen.
Sie sang mit einer klaren, kräftigen Stimme, leicht und mühelos. Und sie sang wirklich herrlich. Noch besser als im Fernsehen! Sie sang lauter italienische Sachen. Ich verstand kein einziges Wort. Aber das war mir egal. Ich lehnte mich auf meinem Stuhl zurück und hoffte, dass sie nie wieder aufhören würde. In diesem Moment hatte ich echt vergessen, was mit ihr los war!
Während sie sang, ließ Filomena Popobello ihre Blicke über das Publikum wandern, alle Reihen entlang, von hinten nach vorn. Ich glaube, beim fünften Lied war sie mit ihren Augen bei mir angelangt. Mir stockte der Atem. Denn ihre

Kohleaugen kamen plötzlich zur Ruhe. Sie blieben bei mir und hielten mich fest. Von da an sang Filomena Popobello nur noch für mich. Unter all den Leuten sah sie keinen anderen an. Manchmal nickte sie mir zu und einmal streckte sie sogar ihre Arme nach mir aus.

Vielleicht hätte ich einfach aufstehen und weggehen oder mich zwischen Mama und Papa in die neunte Reihe setzen sollen.

Aber irgendwie konnte ich nicht. Filomena Popobello hatte so was in ihren Augen, das mir alle Kraft raubte.
Als das Programm zu Ende war, gab sie noch mehrere Zugaben. Die letzte war „Guten Abend, gute Nacht". Das sang sie auf Deutsch. Ihr dürft raten, für wen!

Früher hat Mama mir dieses Lied oft als Schlaflied gesungen. Aber Filomena Popobello sang es natürlich viel schöner. Als sie fertig war, bekam sie einen riesigen Strauß roter Rosen. Sie zog eine heraus und warf sie mir zu. Ich war so überrascht, dass ich sie fallen ließ. Da warf Filomena Popobello sofort noch eine Rose. Die hielt ich fest. Und die erste hob ich natürlich auf. Alle Leute klatschten wie wild, ich glaube, auch ein bisschen für mich.

Zum ersten Mal verzog Filomena Popobello ihre Lippen zu einem Lächeln. Und mir lief sofort ein Schauder über den Rücken. Viel stärker als der, den ich von Brosis Lächeln her kannte.
Als der Beifall endgültig vorbei und Filomena Popobello verschwunden war, spendierte Papa noch jedem von uns was zu trinken. Mitternacht war längst vorbei, aber er sagte, das wäre jetzt auch schon egal. Er fragte mich, wie es mir so nah an der Bühne gefallen hätte, und ich antwortete: „Oh danke, sehr gut!“
Mama sagte: „Du warst das einzige Kind in der ersten Reihe. Das hat sogar Filomena Popobello bemerkt.“
Ich tat erstaunt und fragte: „Wieso?“
„Sie hat dich immerzu angeschaut“, sagte Mama. „Und sie hat dir die zwei Rosen geschenkt. Ich glaube, du gefällst ihr.“

Natürlich wusste Mama nicht, was sie da sagte. Ich zuckte die Achseln und trank meinen Saft. Dabei guckte ich niemanden an. Brosi schon gar nicht.
Ich war in dem Augenblick wirklich echt durcheinander. Wir fuhren dann langsam nach Hause. Der Mond schien so hell, dass wir die Scheinwerfer eigentlich gar nicht gebraucht hätten.
Auf dem letzten Stück guckte Papa immer wieder in den Rückspiegel. Ich war zu müde, um mir darüber Gedanken zu machen. Aber Mama fragte: „Was ist los? Ist jemand hinter uns her?"
Papa zuckte die Achseln. „Ich weiß nicht. Da war was, das sah aus wie eine große Fledermaus." Er lachte vergnügt. „Aber das kann uns ja wohl egal sein. Ambrosius sitzt schließlich im Auto."
Jetzt lachten alle. Nur Brosi lachte nicht.

7.

Drinnen im Haus scheuchte Mama uns sofort ins Bett. Wir sagten also schnell Gute Nacht. Es kam mir so vor, als ob Brosi noch mit mir reden wollte. Doch ich hatte überhaupt keine Lust. Deshalb verschwand ich im Bad, und als ich wieder herauskam, war er zum Glück nicht mehr da.

Ich stieg in mein Zimmer hinauf und stellte die zwei Rosen ins Wasser. Dann machte ich das Fenster auf und ließ die frische Nachtluft herein. Der große runde Mond hatte eine silberne Brücke über das schwarze Meer gebaut. Ich wusste nicht, ob ich todmüde war oder hellwach. Aber irgendwann kroch ich ins Bett und machte die Augen zu.

Was dann geschah, kriege ich nicht mehr

so ganz auf die Reihe. Zuerst träumte ich wohl – vom Mond und vom Meer, von der Autofahrt und vom Konzert. Allerdings stand Filomena Popobello diesmal nicht auf der Bühne, sondern sie saß neben mir in der ersten Reihe. Sie hatte den Arm um meine Schultern gelegt und sang mir direkt ins Ohr.

„Guten Abend, gute Nacht …“, sang Filomena Popobello mit ihrer herrlichen Stimme. Zwischendurch piepste sie wie eine Fledermaus. Das überraschte mich seltsamerweise kein bisschen.

„Mit Rosen bedacht …“ Wieder das Piepsen! „… mit Näglein besteckt. Schlupf unter die Deck!“

Ich tastete mit beiden Händen auf meiner Bettdecke herum und hörte es singen und piepsen. „Morgen Früh, wenn Gott will, wirst du wieder geweckt.“

Ich schlug die Augen auf und sah Filomena Popobello auf meiner Bettkante sitzen. Nicht im Traum, sondern in Wirklichkeit! Über ihrem roten Kleid trug sie jetzt einen Umhang aus schwarzem Samt, der in weiten Falten bis auf den Boden fiel. Sie beugte sich über mich, sah mich aus ihren Kohleaugen liebevoll an und verzog dabei ihre Lippen zu einem absolut scheußlichen Lächeln.
Es dauerte eine Weile, bis ich begriff.
Der Traum ließ mich so schnell nicht los.
Doch als sie sich noch tiefer beugte, als eine ihrer dunklen Haarsträhnen mein Gesicht berührte und ich dann dicht vor mir ihre langen Eckzähne sah, da wusste ich, was die Glocke geschlagen hatte.
Ich wollte schreien, doch der Schrei kam nicht aus meiner Kehle heraus.
Filomena Popobello packte mich an

beiden Schultern und drückte mich in mein Kopfkissen. Ihre Hände waren wie Klauen und hatten eine unglaubliche Kraft. Sie lächelte immer noch. Ich drehte entsetzt den Kopf weg. Das hätte ich lieber nicht tun sollen, denn sofort spürte ich ihren Atem an meinem Hals. Dazu piepste sie wie eine Fledermaus. Es hörte sich grauenhaft an. Ich hätte mir am liebsten die Ohren zugehalten. Aber ich

konnte mich nicht bewegen. Sie hielt mich wie in einem Schraubstock.
„Carissimo tesoro“, flüsterte sie. Und obwohl ich kein Italienisch verstand, wusste ich komischerweise, was das hieß. Es hieß „liebster Schatz“ und ich wollte auf keinen Fall so genannt werden. Am wenigsten von Filomena Popobello! Ihre Augen kamen noch näher. Ihre Lippen auch. Und ihre Zähne! Ich bewegte meinen Kopf hin und her. Schneller und schneller. Mir wurde ganz schwindlig davon.
Doch gleichzeitig zog ich meine Beine unter der Bettdecke nach oben. Als ich meine Knie fast am Kinn hatte, stieß ich die Füße nach vorn und trat Filomena Popobello mit aller Kraft gegen die Brust. Sie fuhr erschrocken zurück und ließ mich los. Da konnte ich endlich schreien.

Ich schrie so laut, wie ich konnte. Aber schon stopfte mir meine Feindin mit ihrem Halstuch den Mund. Und wieder hielt sie mich fest. Wieder näherte sie sich mir mit Augen und Lippen und Zähnen.

Aber mein Schrei fand plötzlich ein Echo. In der Nacht! Vor dem Haus! An meinem Fenster!

So gut es ging, drehte ich den Kopf.

Ich sah, dass nun beide Fensterflügel geschlossen waren. Doch draußen bewegte sich etwas. Flog auf und nieder. Flatterte unruhig gegen die Scheiben. Wieder hörte ich von draußen einen Schrei. Gleich darauf kam das Flattern zur Ruhe. Ein menschliches Gesicht drückte sich gegen das Glas. Schwarze Locken hingen wirr in die bleiche Stirn. Die Augen glühten. Und der verzerrte Mund stieß einen neuen Schrei aus.

Ich sah und begriff: Es war Brosi!
„Mach das Fenster auf!“, schrie er. „He, Filomena! Mach es sofort auf!“
Er trommelte mit beiden Fäusten gegen die Scheiben. „Und gib Hanna frei! Sonst geht es dir schlecht.“
Filomena Popobello blickte ebenfalls zum Fenster. Aber sie dachte nicht daran mich freizugeben. Sie schüttelte den Kopf und zischte wie eine Schlange. Dann beugte

sie sich nach vorn und suchte mit ihrem Mund meinen Hals. Ich schloss vor Entsetzen die Augen.
Doch in der nächsten Sekunde riss ich sie wieder auf. Mit einem Knall explodierte das Fenster. Zerbrochenes Glas klirrte ins Zimmer. In einem Hagel von Scherben stürzte Brosi herein. Sofort packte er Filomena Popobello an den Schultern und versuchte sie von mir wegzuziehen. Ich sah, dass er an einer Hand blutete.
„Lass Hanna los!“, keuchte er. „Lass sie sofort los!“
Filomena Popobello piepste vor Schreck, aber sie hielt mich so fest wie noch nie. Ihre spitzen Fingernägel bohrten sich in meine Arme. Sie riss den Mund auf und ich sah ihre Eckzähne, spitz und lang bis zum Gaumen. Mir war klar, im nächsten Moment würde sie zubeißen.

Brosi war das anscheinend auch klar.
Er griff ihr mit einer Hand in die Haare und riss ihren Kopf nach hinten. Eine Weile hielt er sie so. Dabei sah er sich suchend um und erblickte die Rosen auf meinem Nachttisch. Blitzschnell fasste er zu.
Im nächsten Moment ließ er meine Feindin los! Ich war zu Tode erschrocken. Noch ahnte ich ja nicht, was er vorhatte. Und dass er dazu beide Hände brauchte! Trotzdem gab ich keinen Mucks von mir. Ich spürte seine Angst und Verzweiflung. Und plötzlich wusste ich, was er tun würde! Ich glaube, Filomena Popobello wusste es auch.

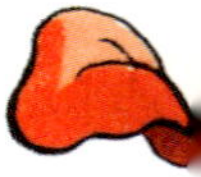

Brosi holte tief Luft und biss die Zähne zusammen. Dann legte er die eine Rose quer über die andere. Dabei stöhnte er laut.

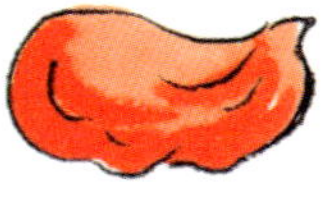

Brosi hatte ein Kreuz in der Hand! Er hob es hoch und hielt es Filomena Popobello direkt vor die Augen.

Sie zischte wieder.
Aber gleichzeitig ließ sie mich los.
Sie stand langsam auf und wich zögernd zurück – durch das ganze Zimmer bis an die Wand. Brosi folgte ihr, den Arm ausgestreckt, das Rosenkreuz fest in der Hand. Da stürzte sie mit einem grässlichen Piepsen an ihm vorbei, breitete die Arme aus und flog, immer noch piepsend, zum Fenster hinaus.
Wir rührten uns nicht, Brosi und ich. Und wir sagten kein einziges Wort. Es gab eine Menge zu reden. Aber wir wussten beide nicht, wie wir anfangen sollten.

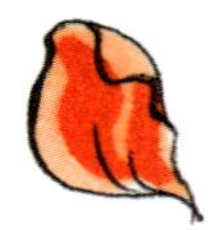

Stumm stellte Brosi die zwei Rosen, Stängel an Stängel, wieder ins Wasser. Dann betrachtete er seine Hände. An der einen war das Blut eben getrocknet. An der anderen hatte er scheußliche Blasen. Jetzt gab ich mir einen Ruck. „Vielen Dank“, murmelte ich, „du hast mir das Leben gerettet.“
Er zuckte die Achseln. „Musste ich doch! Es war alles meine Schuld. Hätte ich Filomena nicht … Du weißt schon! Dann wäre sie auch kein Vampir geworden.“
Ich nickte. „Um ein Haar wäre ich jetzt auch einer geworden.“

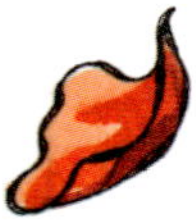

Er sah mich unglücklich an. Seine Augen bettelten um Verzeihung. „So weit hab ich nicht gedacht“, sagte er kleinlaut. „Und gewollt hab ich’s auch nicht.“
„Ich weiß“, sagte ich zögernd. „Aber vielleicht hätte es dir trotzdem gefallen.“

Er runzelte nachdenklich die Stirn. Das gefiel mir irgendwie nicht. Deshalb fragte ich schnell: „Hast du gewusst, dass Filomena Popobello bei mir auftauchen würde?“
„Klar“, sagte er, „sie war ja den ganzen Weg hinter uns und ist dann dauernd ums Haus gestrichen. Ich habe sie nur einen Moment aus den Augen verloren, da ist sie hier reingeschlüpft und hat mich ausgesperrt. Als ich dich schreien hörte, war es schon fast zu spät.“
„Aber nur fast!“, sagte ich und nahm Brosis Hände in meine. Ich pustete auf alle beide. „Tut es noch weh?“, fragte ich. Er schüttelte tapfer den Kopf. Aber ich sah, dass er log.
Ich guckte ihn mitleidig an. „Die Hand hier sieht ziemlich schlimm aus. Ungefähr so wie verbrannt.“

Er nickte. „Das waren die Rosen."
„Das war das Kreuz!", sagte ich leise. „Mit dem hast du Filomena Popobello besiegt."
Brosi gab keine Antwort. Er stand auf und trat ans Fenster. Ich schlüpfte in meine Pantoffeln und stellte mich neben ihn.
Der Mond war blass geworden und das schwarze Meer färbte sich grau.
„Es wird schon hell", stellte Brosi fest und

gähnte. „Komm, lass uns schlafen gehen!“
Ich gähnte ebenfalls. Und ich nickte. Gleichzeitig musste ich lachen. Brosi sah mich erstaunt an. Da erklärte ich ihm: „Es ist das erste Mal, dass ich um dieselbe Zeit schlafen gehe wie du.“
„Stimmt!“, sagte er eifrig. „Du wirst sehen, man schläft sehr gut, wenn man sich um diese Zeit hinlegt!“
Das glaubte ich ihm aufs Wort.
Als Brosi gegangen war, guckte ich noch mal aus dem Fenster. Ein erster goldener Schimmer flog über das Meer. Ich kroch todmüde ins Bett und zog mir die Decke über den Kopf. In diesem Moment fühlte ich mich beinahe wie ein Vampir. Aber zum Glück nur beinahe!

Das alles ist jetzt fast eine Woche her. Seit drei Tagen sind wir wieder zu Hause.

Nina, Tina, Brosi und ich genießen den Rest unserer Ferien. Wir sprechen noch oft von Italien. Auch von dem, was Brosi und ich mit Filomena Popobello erlebt haben. Nina und Tina tut es sehr Leid, dass sie nicht dabei waren. Deshalb lassen sie sich alles immer wieder haarklein von uns erzählen.
Brosi hat mir versprochen, dass er jetzt nachts nicht mehr weggeht. Er hat gesagt, wenn die Schule anfängt und er morgens früh aufstehen muss, braucht er sowieso seinen Nachtschlaf. Er sah sehr unschuldig aus, als er das sagte. Und ich habe mich auch bemüht, ihm zu glauben. Aber wenn ich ganz ehrlich bin … Also, einen Gedanken werde ich einfach nicht los: Bis die Schule anfängt, dauert es noch mehr als zwei Wochen. Das ist eine lange Zeit für Vampire.

Der Blaue Rabe – Für Leseprofis

Lesestufe 3 ab 8/9 Jahren

ISBN 3-473-**36003**-1

ISBN 3-473-**34088**-X

ISBN 3-473-**34097**-9

ISBN 3-473-**34168**-1

ISBN 3-473-**34151**-7

ISBN 3-473-**36004**-X

Gute Idee.

Ravensburger